악마의 음악

OTHER VoICES

경우勁雨 현대 판타지 장편소설

WISHBOOKS MODERN FANTASY STORY

OTHER VOICES

악마의 음악 8

경우勁雨 현대 판타지 장편소설

초판 1쇄 찍은 날 | 2019년 5월 24일
초판 1쇄 펴낸 날 | 2019년 5월 31일

지은이 | 경우
펴낸이 | 예경원

기획 | 위시북스
편집책임 | 이규재
편집 | 위시북스

펴낸곳 | 예원북스
등록번호 | 제396-2012-000132호
등록일자 | 2012. 7. 25
KFN | 제1-412호

주소 | 경기도 고양시 일산동구 호수로 646-24 위너스21 II빌딩 206A호 (우)10401
전화 | 031-819-9431 팩스 | 031-817-9432
E-mail | yewonbooks@naver.com

ISBN 979-11-6424-295-5 04810
979-11-89564-46-9 (set)

※ 이 도서의 국립중앙도서관 출판시도서목록(CIP)은 서지정보유통지원시스템 홈페이지(http://seoji.go.kr)와 국가자료공동목록시스템(http://www.nl.go.kr/kolisnet)에서 이용하실 수 있습니다.

악마의 음악
8
경우勁雨 현대 판타지 장편소설
OTHER VOICES
WISHBOOKS MODERN FANTASY STORY
Wish Books

CONTENTS

악마의 음악
OTHER VOICES

◈ 1장 ◈

레드 캐슬의 인형(2)

뉴욕 시가지를 벗어나 브루클린(Brooklyn) 베이리지(Bay Ridge)에 도착한 건이 택시에서 내려 거대한 저택 앞에 섰다. 저택 앞에는 검은 양복에 선글라스를 쓴 남자들이 품 안에 총을 숨긴 듯 정장 안쪽에 인투더코스를 슬쩍 보이며 경계를 서고 있었다.

약간 긴장한 표정을 짓던 건이 다니엘, 샤론과의 대화를 떠올렸다.

♪♪♩

"레드 마피아가 뭐예요?"

"러시아 마피아를 통칭해 레드 마피아라고 부릅니다, 케이."

"러시아 마피아가 미국에 들어와 있나요?"

"러시아뿐 아니라 알바니아와 이탈리아, 중국의 삼합회까지 들어와 있는 것이 미국이죠."

샤론이 걱정스러운 눈으로 말했다.

"이 부탁은 거절하는 것이 좋아요, 케이. 너무 위험합니다. 그쪽에 연관되었다가 무슨 일을 당할지 몰라요."

건이 고개를 갸웃하며 물었다.

"아픈 딸의 아버지가 요청하는 일인데 제게 무슨 일이 생길 거리가 있나요?"

샤론이 한숨을 내쉬며 다니엘에게 말했다.

"다니엘 씨. 자초지종을 설명해 주세요."

다니엘이 고개를 끄덕인 후 잠시 고민하는지 뜸을 들이고는 입을 열었다.

"5년 전. 체첸 계열의 마피아였던 친구가 미국에 왔습니다. 오랜 기간 뉴욕 메트로폴리탄 미술관에 기부를 해주고 있는 사람이라 친구처럼 지내고 있었죠. 그 사람의 직업은 제게 별로 중요한 일이 아니었으니까요. 미국에서 살겠다는 친구의 이야기에 저는 그저 기뻤습니다. 하지만 그것이 자기 조직을 모두 이끌고 미국으로 이주한다는 이야기인 줄은 몰랐죠."

다니엘이 자신의 이야기에 귀를 기울이고 있는 건을 보고는 침을 삼킨 후 다시 입을 열었다.

"친구는 러시아에서 50세의 늦은 나이에 딸을 낳았습니다. 그 친구 하는 일의 성격상 가족을 만들기는 어려웠었죠. 그러다 정말 사랑하는 여인을 만나 한눈에 반했고, 결혼을 해 지금의 딸을 낳았죠. 눈에 넣어도 아프지 않은 딸을 데려와 미술관의 그림을 구경시켜 주던 친구의 웃음이 아직도 머릿속에 맴돌고 있습니다. 친구의 와이프 역시 무척 아름답고 조신한 분이었죠."

건이 고개를 끄덕이며 말했다.

"평생 피로 얼룩진 마피아의 삶을 살아오신 분이니 그 시간이 무척 소중하셨겠네요."

다니엘이 크게 고개를 끄덕이며 말했다.

"맞습니다. 언젠가 저와 술을 한잔 나누며 이런 이야기를 했었죠. '아내와 아이의 행복 가득한 웃음을 볼 때는 이 일을 그만두고 싶어질 때가 있다'고 말이죠. 레드 마피아에 대한 자부심이 가득한 그 친구가 그런 이야기까지 하는 것을 보고 참 행복해 보인다고 생각했었습니다."

"그랬군요. 그런데 그 아이는 어떤 일로 인해 충격을 받은 건가요?"

다니엘이 크게 한숨을 쉬며 말했다.

"4년 전이었습니다. 브루클린 헤이츠(Brooklyn Heights)의 브루클린 브릿지 아래에서 레드 마피아와 알바니아 마피아가 충돌을 일으켰죠. 미국이나 유럽에 여행을 오는 관광객을 상대로 납치해 마약을 주입한 후 강제로 매춘을 하게 하는 알바니아 마피아가 레드 마피아 중간 보스의 차를 불태운 일이었습니다. 그 일로 3개월간 두 조직은 마주치기만 하면 총을 쏘아대며 전쟁을 벌였죠."

건이 영화에나 나올 법한 이야기에 입을 떡 벌렸다. 치안이 좋은 편이라 총기 소지가 어려운 한국에서는 상상도 할 수 없는 일이었기 때문이다.

"설마 아이가 총격이 난무하던 전쟁을 목격한 건가요?"

다니엘이 잠시 샤론을 보다가 말했다.

"휴, 그 정도였다면 다행이었겠지요. 열 명의 마피아 조직원들의 보호를 받으며 백화점에 갔던 아내와 아이가 습격을 받았습니다. 당시 공격을 했던 알바니아 마피아는 무려 50여 명이었고, 기관총을 무장한 상태라 열 명의 조직원들은 모두 그 자리에서 사망했죠. 그리고 그때 그의 아내 역시 사망했습니다. 아이는 눈앞에서 엄마가 총에 맞아 죽어가는 모습을 눈앞에서 목격했죠."

건이 놀란 표정으로 샤론과 다니엘을 번갈아 보았다.

"예? 아이가 엄마의 죽음을 목격했다고요? 그것도 총격으로요?"

"네, 맞습니다. 당시 아이를 제외한 모두가 사망했죠. 아이는 그 후 말을 잃었습니다. 그리고 감정 역시 잃었는지 웃지도, 울지도 않는 아이가 되었습니다."

"아……."

건이 너무나 잔혹한 이야기를 듣고 슬픈 표정을 짓자 샤론이 다급히 말했다.

"케이, 불쌍한 사람들을 그냥 지나치지 못하는 당신의 성격은 잘 알지만, 아직 알바니아계 마피아가 미국에 있습니다. 혹시 당신이 연관되고 난 후 그들의 타깃이 될 수도 있어요. 잘 생각해야 해요."

다니엘이 어깨를 으쓱하며 말했다.

"정확히 말하면 알바니아계 마피아의 잔당들만 남았습니다. 보스는 죽었죠."

샤론이 옆에서 거드는 다니엘에게 눈을 흘기며 말했다.

"그래도 위험해요, 다니엘 씨."

"압니다."

다니엘이 진중한 표정을 지으며 말했다.

"그래서 말씀을 드리기도, 부탁을 드리기도 정말 미안합니다. 케이 당신이 거절한다 해도 결코 원망하는 일은 없을 겁니다. 여전히 당신의 후견인임을 자처할 것은 당연한 것이고요. 무리한 부탁이라는 것을 알고 있습니다. 당신에게 폐가 될 수도 있을 거라는 생각도 듭니다. 하지만 그럼에도 친구의 부탁을 전하고 있는 제 마음을 부디 이해해 주시기를 빕니다."

건이 다니엘의 진중하면서도 간곡한 눈빛을 뚫어지게 보다 샤론에게 고개를 돌렸다.

그녀는 계속 거절하라는 눈빛으로 연신 고개를 저었다.

건이 잠시 고민하는 듯하자 다니엘이 조용히 물잔을 들어 타는 목을 축였다.

건은 한참이 지난 후에야 입을 열었다.

"지금 아이가 열 살이라고 하셨죠? 아이가 말을 잃은 것은 어머니가 사망한 직후인가요?"

다니엘이 고개를 끄덕이며 말했다.

"맞습니다. 그 날 뒤늦게 달려온 아버지를 보고는 울지도 않고 멍하니 그냥 서 있더랍니다. 볼에 어머니의 피를 잔뜩 묻히고 말이죠."

"그 후에 단 한 번도 감정의 변화가 없었나요?"

"그렇습니다. 조직원들과 어머니의 장례식 때도 울지 않았습니다. 어머니 장례 때는 저도 참석했었습니다만, 그저 우두커니 무표정하게 서 있을 뿐이더군요."

"그리고 4년 동안 단 한 번도 감정을 드러내지 않던 아이가 네팔 모금 방송을 보고 울었다고요?"

다니엘이 심각한 표정으로 말했다.

"울었다기보다는 눈물 한 방울을 흘렸다고 합니다. 이상하게 여긴 친구가 모금 방송을 녹화해서 계속 보여주었는데 그 때마다 방송에서 눈을 떼지 않았다고 하고요. 아, 그리고 방송에 쓰였던 음악. 케이가 부른 건가요?"

"네 맞아요."

"흠, 원래 케이의 목소리와 달라 다른 사람이 부른 줄 알았는데, 케이의 노래였군요. 아무튼 그 음악을 들려주어도 가만히 음악 소리에 귀를 기울이고 있다고 합니다. 다른 어떤 음악에도 반응 없이 그저 무표정한 아이가 말이죠. 그래서 지푸라기라도 잡는 심정으로 케이를 초대한 것입니다."

샤론은 건이 꼬치꼬치 상황을 캐묻기 시작하자 불안했는지 다급하게 말했다.

"케이! 아까 다니엘 씨가 말한 알바니아계 마피아 보스가 어떻게 죽었는지 알아요? 그레고리 미오치치가 산 채로 잡아다가 갈기갈기 찢어 죽였어요! 가능한 목숨을 붙여놓고 최대한의 고통을 주기 위해 발끝부터 며칠에 걸쳐 조금씩 찢어서 죽였다고요, 거기다 시체는 마피아들이 키우는 경비견에게 먹였다고 해요! 그런 사람의 부탁을 들어주려는 거예요?"

건이 살짝 놀라는 표정으로 다니엘을 보자 그가 한숨을 쉬며 고개를 끄덕였다.

"교수님의 말이 맞습니다. 그랬죠. 하지만 사랑하는 아내의 원수를 본 남편의 마음이 어땠겠습니까? 폭력과 복수는 분명

나쁜 것입니다만 그 마음이 이해되지 않는 것은 아니지 않습니까?"

건이 가만히 생각에 잠겼다. 네팔에서 만난 시바의 말이 떠올랐다.

"용서를 노래해요. 용서는 왕의 역할이지만, 복수는 저급한 자의 행위일 뿐이에요. 그리고 사랑하세요. 누군가를 사랑하면서 그와 동시에 현명해진다는 것은 불가능한 일이기도 하지만, 개인을 사랑하기보다 세상을 사랑해 봐요. 자기 자신만을 사랑하는 인간은 사회를 거칠고 삭막하게 만드니까요."

건이 낮은 목소리로 다니엘에게 물었다.

"그래서 그레고리 씨는 복수를 한 뒤에 마음이 편해지셨다고 하나요?"

다니엘이 잠시 뜸을 들인 후 고개를 저으며 말했다.

"아닙니다. 지독한 허무와 슬픔으로 얼룩져 하루라도 술을 마시지 않으면 살아갈 수 없었다고 했습니다. 만약 그 친구에게 아이라도 남지 않았다면 삶을 포기했을지도 모릅니다."

건이 조용히 눈을 들어 샤론과 눈을 맞추었다. 샤론의 걱정스러운 눈빛을 보던 건이 입을 열었다.

"아이의 이름이 무엇인가요?"

"아이의 이름은 키스카 미오치치, 러시아어로 순수하다는 뜻입니다."

"맡겠습니다."

"케이! 제정신이에요?"

마침내 건의 입에서 그토록 막으려 했던 허락이 떨어졌다.

샤론은 뾰족한 비명을 질렀다.

"말도 안 돼요! 그런 폭력적이고 잔인한 사람을 돕다니요! 케이 다시 한번 생각해 보세요!"

건이 빙긋 미소를 지으며 샤론을 보았다. 샤론은 설득하려는 감정을 눈빛에 가득 실으며 건을 보았지만 말없이 웃고 있는 건을 보고는 포기한 듯 한숨을 쉬었다.

"그래요, 휴. 당신 고집을 누가 말리겠어요."

건은 샤론이 포기의 액션을 취하자 웃음을 지으며 말했다.

"위험한 일은 최대한 피할게요, 교수님. 어차피 복학까지는 4개월이나 남았잖아요. 그 안에 제 도움이 필요한 불쌍한 아이의 손을 잡아 줄 시간은 충분해요. 걱정하지 마세요."

♪♪♩

머릿속으로 며칠 전에 있었던 대화를 상기하던 건이 웅장한 저택과 경비를 서고 있는 위압적인 마피아를 보며 식은땀을 흘렸다.

'실제로 보니까, 진짜 위협적이다. 미국 마피아나 한국의 조폭들과는 비교가 안 되는구나. 저 덩치들 좀 봐. 키가 2m는 넘겠네, 다들.'

건이 거대한 검은 쇠창살로 이루어진 문 앞에 다가가자 러시아계의 거대한 덩치를 가진 남자가 다가와 물었다.

"Что происходит? При прохождении мимо этого местом, длина eopeuni вернуться.(무슨 일인가? 지나던 길이라면 이쪽에는 길이 없으니 돌아가라.)"

건이 익숙하지 않은 러시아어에 볼을 긁은 후 영어로 말했다.

"저기…… 영어로 해주시면 안 될까요? 그레고리 미오치치 씨와 약속이 되어 있는데."

남자는 그레고리의 이름이 들리자 선글라스를 내리며 한쪽을 향해 소리쳤다.

"Мирослав! Посмотрите вверх по!(미로슬라브! 이쪽으로 와 봐!)"

무전기를 들고 이쪽으로 걸어오던 스킨 헤드의 거대한 덩치가 남자의 부름에 다가와 물었다.

"Почему? Что происходит?(왜? 무슨 일이야?)"

"Он пришел от друга, имя босса. Посмотрите

на то, что собирается попросить на английском языке.(이 친구 입에서 보스의 이름이 나왔다. 무슨 일인지 영어로 물어봐.)"

미로슬라브라 불린 이가 선글라스를 벗고 건을 내려다보았다. 거대한 덩치에 머리까지 스킨헤드로 민 미로슬라브는 머리카락이 없는 머리에 문신까지 한 위협적인 거구를 가지고 있었다. 건이 그를 올려다보며 식은땀을 흘렸다.

'머, 머리에 문신이 있다니! 엄청 무, 무섭다!'

미로슬라브가 건을 내려다보며 영어로 물었다.

"보스의 이름을 말하셨다고요? 약속이 되어 있으십니까?"

건이 어색한 웃음을 흘리며 말했다.

"네, 케이라고 합니다."

미로슬라브가 살짝 놀라며 건을 요리조리 뜯어보더니 호탕하게 웃었다.

"이런! 케이를 못 알아봤군요! 하하. 잠시만 기다리십시오. 내부에 확인하겠습니다."

미로슬라브는 경비초소로 들어가 인터폰으로 통화를 하기 시작했다. 러시아어로 진행되는 통화라 무슨 말인지는 알아들을 수 없었지만 금방 전화를 끊은 미로슬라브가 웃으며 다가오는 것을 본 건이 안도의 한숨을 쉬었다.

미로슬라브가 문 안쪽을 가리키며 말했다.

"확인되었습니다. 들어가시죠. 붉은 성(Red Castle)에 오신 것을 환영합니다!"

'무, 무슨 집이 대문에서 정문까지 가는데 골프 카트를 타?'

미로슬라브는 거대한 정문을 연 뒤 옆에 주차되어 있던 골프 카트 네 대 중 한 대를 몰고 건을 뒤에 태웠다. 지평선이 보이는 수준의 축구장보다 넓은 정원을 지나 멀리 보이는 5층짜리 대저택으로 가는 동안 건은 연신 갓 상경한 촌놈처럼 주위를 두리번거렸다. 건의 눈에 무슨 노래인지 모를 음률을 흥얼대는 미로슬라브의 뒤통수가 들어왔다.

까까머리도 아닌 완전히 밀어버린 스킨헤드에 가운데 해골이 있고 해골을 감싼 뱀이 장미꽃 가지를 휘감고 있는 문신이 미로슬라브가 고개를 까딱거릴 때마다 건의 눈앞에서 들썩였다.

'머리에 문신하면 안 아픈가? 저러면 다시는 머리카락이 안 날 텐데…….'

쓸데없는 걱정을 하며 미로슬라브의 뒤통수를 구경하고 있던 건은 곧 정문 앞 분수대를 빙 돈 골프 카트에서 내렸다.

미로슬라브는 정문 앞에 대놓고 기관총을 든 채 경비를 서고 있는 사내들에게 인사를 건네고 난 후 건에게 말했다.

"이쪽으로 오시지요. 보스께서 기다리고 계십니다."

고풍스러운 나무문이 열리자 건은 깜짝 놀랐다.

'그냥 나무문이 아니잖아? 이 두께 봐. 문 두께가 1m는 가

뿐히 넘겠다. 방탄 장비인가?'

두꺼운 문은 가운데 철 소재로 된 방탄막이 있었다. 가스 압착식 문이었는지 문이 열릴 때 피식하는 소리가 나는 것이 무척이나 단단하고 안전해 보였다. 앞서 들어가며 한 손으로 안쪽을 가리키는 미로슬라브를 따른 건이 1층 로비에 섰다. 건이 눈을 동그랗게 뜨고 1층 안의 인테리어를 보았다.

'와, 뉴욕 폴리탄 미술관을 그대로 옮겨놓은 것 같구나. 집주인이 미술 작품을 좋아하나?'

건의 감상대로 1층에는 곳곳에 그림과 갖가지 조각들이 가득했다. 양쪽으로 뻗은 계단은 중세 영화에서나 보던 귀족의 성 같은 느낌을 주었다.

미로슬라브를 따라 2층으로 올라간 건이 검은 문 앞에 섰다. 마피아의 본거지답게 집 곳곳에 경호하는 거대한 덩치들이 총을 들고 돌아다니고 있었고, 감시카메라가 끊임없이 작동음을 울리며 건의 이동 동선을 따라 시선을 쫓고 있었다.

미로슬라브가 검은 문 앞에 서서 노크를 한 후 문을 열어주며 말했다.

"제게 허락된 곳은 여기까지입니다. 들어가시죠."

건이 머뭇거리며 방으로 들어가자 건이 사는 한국 집의 세 배는 넘을 것 같은 거대한 서재가 나왔다. 벽 한쪽 면이 바닥에서 천장까지 책으로 가득 차 있었고, 바닥에는 양탄자가 깔려 있었다.

서재의 주인이 전체적으로 어두운 계통의 색으로 만들어진 가구를 좋아하는 듯 엔티크한 가구들은 검거나, 짙은 갈색이었다.

건이 서재에 발을 들이고 안쪽을 보니 여덟 명은 거뜬히 앉을 수 있을 만큼 거대한 책상에 누군가 뒤로 돌아 앉아, 창밖을 보고 있었다.

어찌 보면 멋진 장면이기도 했지만 바라보고 있는 창문이 몇 겹의 쇠창살과 방탄유리로 막혀 있어 마치 우리에 갇힌 맹수를 보는 것 같기도 했다.

"저…… 그레고리 미오치치 씨인가요?"

회전의자가 빙글 돌아가고 사내의 모습이 건의 눈에 들어왔다.

고등학교 때 친구 주용이 보여준 대부라는 영화에 나오는 말론 브란도 같은 느낌의 남자는 중후한 중년으로 입에 굵은 쿠바산 시가를 물고 있었다.

'말론 브란도 인줄 알았네……. 그런데 러시아 사람도 저렇게 생길 수가 있구나. 60대 초반이라고 들었는데 40대 후반이라고 해도 믿을 정도로 동안이구나.'

남자는 60대라고는 믿을 수 없을 만큼 건장한 체구를 가졌다. 하늘색 와이셔츠에 남색 넥타이를 매고 콜 정장 베스트를 입고 있는 남자의 옷은 건장한 몸을 가리지 못하고 몸에 타이트하게 감겨 있었다.

남자가 시가를 입에서 뺀 후 말했다.

"왔나? 거기 앉게."

초면부터 대뜸 아랫사람 대하듯 말하는 그레고리의 말투는 평생 우두머리로 살아온 남자의 인생을 반영해 주는 것 같았다.

건이 그가 내뿜는 카리스마에 약간 위축되어 그가 가리키는 검은 소파에 앉았다. 특이하게도 소파는 그레고리가 앉은 테이블 쪽을 바라보고 있었고, 1인용이었다.

보통 소파는 다른 소파와 서로 마주 보게 배치하게 마련인데, 위치를 보아서는 그레고리와 대면하는 사람들이 그와 대화를 할 때 쓰는 소파인 것으로 보였다.

엄청난 가격을 자랑하는 소파라는 것을 티 내려는지 가죽으로 만든 소파는 건의 몸이 닿자마자 천천히 공기가 빠지며 건의 몸을 깊숙하게 받아들였다. 건이 자리에 앉았지만, 그레고리는 말을 꺼내지 않았다. 그저 가만히 건을 살펴보며 시가의 자욱한 연기를 내뿜었다.

건이 긴장된 표정을 지었지만 그런 그레고리에게서 눈을 떼지 않고 있자 한참이 지난 후 그레고리가 입을 열었다.

"제법 강단이 있는 친구였군. 하긴 그러니 그리 위험한 곳에서 일할 수 있었겠지."

자리에서 일어난 그레고리가 다시 시가를 입에 물고 책상 앞으로 걸어 나와 책상에 엉덩이를 걸치고 연기를 뿜었다.

"여기가 어디인지 알고 왔는가?"

건이 잠시 주위를 바라본 후 말했다.

"네, 그레고리 미오치치 씨."

"그냥 그레고리라고 부르게. 그래, 레드 마피아의 보스가 사는 레드 캐슬이라는 것을 알면서 왔다는 거군?"

"네, 맞습니다, 그레고리."

"자네가 생각하는 마피아는 무엇인가?"

건이 잠시 고민하더니 입을 열었다.

"기분 나쁘시겠지만, 사회의 불법적인 일을 하는 사람들로 알고 있습니다."

그레고리가 피식 웃으며 시가를 한껏 들이마셨다.

"러시아에서는 마피아의 정의가 좀 다르지. 마피아인가를 판단하는 기준은 어떤 집단의 존재적 조건에 있는 것이 아니라, 그 집단이 이익을 실현하는 행동 방식에 있는 것이야. 아무리 어두운 일을 하더라도 사회적 관례에 대체적으로 어긋나지 않으면 마피아라고 부르지 않는다네. 반면에 사회 전면에 나서는 사업을 하더라도 그 방법이 법률에 어긋나고 다른 사회 구성원과의 이해관계에 폭력이 이용되면 마피아라고 부른다네."

그레고리가 시가의 연기를 공중으로 뿜자, 사람 폐 속에 저 연기가 다 들어가는 것이 신기할 정도로 많은 양의 연기가 뿜어져 나왔다.

잠시 공중으로 흩어지는 시가를 보던 그레고리가 손에 든 시가를 돌리며 만족스러운 웃음을 지었다.

"역시 시가는 쿠바산이 최고야. 하나 하겠나?"

건이 손사래를 치며 말했다.

"전 담배를 피우지 않습니다."

"아쉽군. 어쨌든 말이야, 석유 사업을 하는 인간이 사업 구성원 간의 이해관계에 폭력을 쓰면 오일 마피아인 것이고, 경찰이 이런 짓을 저지르면 경찰 마피아라고 부르는 것이 러시아의 전통이지. 우리를 레드 마피아라고 부르는 것은 우리 자신이 아니라 세계인이 붙여 준 별명이야. 러시아의 대표색인 붉은색을 가져다 붙인 것이지."

건이 진중한 표정으로 물었다.

"제게 왜 마피아에 관한 설명을 하시는지 모르겠습니다만, 그쪽으로는 별로 아는 바가 없습니다."

그레고리가 이를 드러내며 웃었다.

"특정한 권력과 자원을 독점하기 위해 내부 공모자들이 불법적인 방법을 동원하여 유지되는 조직이 바로 마피아라는 말이야. 즉, 네게서 내가 원하는 것을 얻기 위해 내가 쓸 방법이 무엇인지 생각해 보라는 말이지."

건이 그레고리가 한 말의 의미를 판단하고 얼굴을 굳혔다. 가만히 그레고리와 눈싸움을 하던 건이 자리에서 일어났다.

그레고리는 건이 자신의 허락도 없이 자리에서 일어나자 재미있다는 표정을 지으며 팔짱을 꼈다.

건이 이례적으로 화난 표정을 지으며 말했다.

"나는 이익을 보고자 당신을 찾아온 것이 아닙니다. 나는 그저 아픈 딸을 걱정하는 아버지의 마음을 보아 찾아 왔지만, 당신은 나를 이익관계가 얽힌 구성원으로 보고 계시는군요. 그만 돌아가 보겠습니다."

건이 몸을 돌려 문 쪽으로 다가가자 그레고리가 건의 뒷모습을 보며 말했다.

"내 허락 없이 그 문을 나서면 온몸에 총알구멍이 날 것이야. 굳이 내가 명령하지 않아도 시스템이 그렇지. 나가지 말고, 이리 앉게."

건이 그레고리의 말에 닫힌 문 위를 보자 CCTV가 자신 쪽으로 향해져 있는 것이 보였다.

건이 뒤로 돌아 그레고리를 보며 입술을 깨물었다.

"협박을 받을 거라고는 생각도 못 했군요. 다니엘 씨에게 나를 청하려 몇 번이나 부탁하셨다고 들었습니다. 제가 잘못 들은 것인가요?"

그레고리가 실소를 지으며 시가를 입에 물었다.

"그 말이 맞네. 내 사과하지. 자리에 앉아주겠나?"

이전과 다르게 부탁 조로 바뀐 그레고리의 말투를 느낀 건이 다시 소파로 가 앉았다. 어차피 그의 허락 없이 밖으로 나가면 죽음을 면치 못할 것이었기에 건에게 선택권은 없었다.

그레고리가 그런 건의 얼굴을 빤히 내려다보다 웃음을 지었다. 건은 갑자기 웃는 그레고리를 의아한 눈으로 보았다.

"후훗, 좋아. 내 실수였네. 자네라는 사람을 실제로 본 적이 없었기에 나에게는 판단할 시간과 계기가 필요했거든. 이해해주게, 마피아로 평생을 살아온 사람의 타인을 판단하는 방식일 뿐이니."

그레고리는 자신의 사과에도 건의 표정이 풀어지지 않자 손을 모아 앞으로 내밀며 말했다.

"예전에 만난 야쿠자가 사과할 때 이런 포즈를 취하더군. 동양인이니 어떤 뜻인지 알겠지? 미안하네. 정중하게 사과하지."

건이 조금 나아진 표정으로 한숨을 내쉬었다.

"휴, 전 한국인입니다, 그레고리. 그리고 솔직히 좀 전에 좀 무서웠습니다."

"하하하! 솔직한 친구군, 좀 더 폼을 잡았어도 모르는 척해줬을 텐데 말이야, 하하하!"

건이 이마에 흐른 식은땀을 닦으며 말했다.

"폼 잡을 곳이 따로 있지요, 레드 마피아 보스 앞에서 그런 짓을 하다간 내일 아침 허드슨 강에서 떠오를 텐데요. 제 목숨은 하나에요, 휴."

그레고리가 크게 웃으며 말했다.

"하하하, 그래 미안하네. 실은 자네 입으로 듣고 싶었다고 할까? 무언가 바라고 온 것이 아닌 순수한 마음에 도와주러 온 것이란 것을 말이야. 아, 물론 사례는 따로 섭섭하지 않게 하도록 하지."

그레고리가 시가를 입에 물고 건에게 다가와 친근한 말투로 말했다.

"사실 자네에게 내 딸을 고쳐달라는 기대를 하는 것은 아니야. 그저 딸이 처음으로 타인에게 관심을 보인 것이 신기해서 자네를 만나게 해주면 조금이라도 기뻐하지 않을까 싶어 부른 것이네. 부담 갖지 말고 딸을 만나주면 그것만으로 고맙게 생각하겠네."

건이 식은땀을 닦던 수건을 품에 넣으며 안도의 한숨을 쉬었다.

"다시는 이런 장난을 치지 않으신다면, 자주 오겠습니다."

"하하, 그래! 내 약속하지!"

냉기가 흐르던 그들의 대화가 온기에 찬 분위기로 바뀌자 그레고리가 전화기를 들고 말했다.

"나다, 차를 좀 내와. 러시아에서 들여온 최고급 홍차로. 그리고 시녀에게 키스카가 일어났는지 확인하고 일어났다면 서재로 좀 데려오라고 해."

♪♪♩

그 날 소녀는 엄마의 손을 잡고 백화점에 갔다. 무섭게 생긴 아저씨들과 항상 갇혀 지내다시피 사는 소녀에게 시내 나들이는 무척이나 즐거운 일이었다.

작년 생일에 아빠가 사준 물방울 무늬 원피스에 하얀 구두를 신은 백금발의 인형 같은 소녀는 들뜬 마음에 백화점을 이리저리 기웃거렸다. 1층 화장품 코너에는 관심이 없었지만, 엄마가 잠시 필요한 것을 사는 동안 다른 곳을 기웃거리던 소녀의 귀에 굉음이 들렸다.

놀란 소녀가 고개를 돌리자 백화점 정문 유리 벽을 뚫고 들어온 검은 캐딜락 에스컬레이드가 보였다.

유리창이 비산하고 엄마의 주위에 있던 아저씨들이 품에서 총을 빼 들었다. 엄마를 에워싼 아저씨들이 창문이 열린 차에서 쏟아져 나오는 기관총을 맞고 속절없이 쓰러져 나갔다.

남은 아저씨들이 놀라 쓰러진 엄마의 옷을 잡아끌어 화장품 코너의 벽 뒤로 숨었다.

백화점 손님 중 죄 없는 수많은 사람이 차에서 쏟아져 나온 총알에 피를 뿜으며 나가떨어졌다.

잠시 후 계속해서 불을 뿜으며 총알을 쏟아내던 차에서 총소리가 멈췄다. 차 뒤로 무섭게 생긴 아저씨들이 뚫린 유리창을 밟으며 안으로 들어왔다.

끝까지 엄마를 보호하고 있던 아저씨들이 권총을 쏘아댔지만, 상대가 너무 많았다. 기관총을 갈겨대며 접근한 남자들이 피를 꾸역꾸역 쏟으면서도 손을 뻗어 엄마를 보호하려는 아저씨의 이마에 총알을 박았다.

겁에 질린 엄마가 비명을 지르다 다른 구역에 숨어 있던 소녀와 눈을 마주쳤다.

엄마는 소녀의 눈을 본 후 비명을 지르는 것을 멈췄다. 소녀를 보던 엄마가 슬픈 미소를 지었고, 곧 그녀를 내려다보던 무서운 아저씨의 총구에서 불이 뿜어져 나왔다.

사내들이 눈도 감지 못하고 피를 뿜어내며 싸늘하게 식어가는 엄마를 내려다보며 낄낄 웃음을 지었다.

엄마는 죽어가면서도 소녀에게 눈을 떼지 않았다. 그저 미소를 지으며 소녀를 바라보고 있을 뿐이었다. 마치 자신의 마지막 모습을 웃는 얼굴로 기억해 달라는 것처럼.

혼자 남겨진 소녀가 깊은 심연의 어둠 속에 남았다. 소녀는 겁먹은 표정으로 주위를 돌아보았지만, 암흑으로 점철된 공간은 그녀에게 어떤 도움의 손길도 내밀어주지 않았다.

무서운 마음이 든 소녀가 무작정 앞으로 뛰었다. 바닥에 넘어져 예쁜 원피스가 찢어지고 다리에 상처가 났지만, 소녀는 뛰는 것을 멈추지 못했다. 뒤를 돌아보는 순간 엄마를 죽인 무서운 아저씨들이 자신을 죽일 것 같았기 때문이다.

끊임없이 이어지는 암흑의 공간 속을 뛰는 소녀의 얼굴이 땀 범벅이 되었다. 고운 백금발의 앞머리가 이마에 늘어 붙고 눈물로 범벅이 된 큰 눈망울이 애처로워 보였다.

그녀의 큰 눈동자에 저 멀리 빛이 보였다. 빛을 본 소녀가 자신이 낼 수 있는 힘을 모조리 쏟아부어 더 빠르게 달렸다. 빛이 점점 가까워졌고 소녀의 눈이 점점 커졌다.

빛은 한 남자의 등 뒤에서 시작되고 있었다. 빛 때문에 실루엣만 보이던 남자는 약간 마른 체형에 키가 컸다.

아빠나 아저씨들보다는 작았지만, 충분히 큰 남자였다. 소녀는 무조건 남자에게로 가야 살 수 있을 것 같았다.

다리에 힘이 풀려 바들바들 떨렸지만, 최선을 다해 뛰어간 소녀의 눈앞에 남자의 얼굴이 나타났다.

새하얀 얼굴, 칠흑같이 검은 머리, 깊은 눈매, 굵은 눈썹, 금방이라도 피가 떨어질 듯한 입술을 가진 아름다운 사내가 부드러운 미소로 자신을 바라보다 손을 내밀었다. 소녀가 날 듯이 뛰어 남자의 손을 잡았다.

벌떡.

식은땀이 얼굴 가득 흐른 키스카가 침대에서 튕겨 나오듯 일어났다. 꿈이라는 것이 실감 나지 않는 듯 숨을 몰아쉬며 손으로 왼쪽 가슴을 움켜쥔 소녀에게 걱정스러운 눈빛을 한 유모가 말했다.

"키스카 아가씨. 또 악몽을 꾸셨어요?"

키스카가 침대에서 상체만 일으킨 채 고개를 숙이고 숨을 몰아쉬었다.

안쓰러운 눈빛으로 소녀를 보던 유모가 다가와 키스카의 어깨를 만져주었다.

"에그, 우리 불쌍한 아가씨. 매일 그렇게 악몽을 꾸고 어떻게 살아요, 글쎄."

유모가 땀에 늘어 붙은 머리카락을 이마에서 떼어주며 말했다.

"그냥 꿈이에요, 아가씨. 이제 다 지난 일이에요. 그러니 안심하세요."

마음이 진정되지 않는지 아직도 숨을 몰아쉬고 있는 키스카의 등을 토닥여 주던 유모가 눈물을 글썽였다.

'불쌍한 아이. 벌써 4년째 매일 아침 이렇게 악몽을 꾸는구나.'

똑똑.

문밖에서 노크 소리가 들리자 유모가 다가가 문을 열었다. 짧은 금발의 덩치 큰 사내가 안쪽을 눈짓하며 작게 물었다.

"아가씨께서는 일어나셨습니까?"

유모가 키스카의 눈치를 본 후 살짝 고개를 끄덕이자 사내가 말했다.

"보스께서 부르십니다. 서재로 데려오라 하시니 준비하고 나오십시오."

유모가 고개를 끄덕인 후 문을 닫고는 키스카에게 와 말했다.

"아버지가 찾으신다고 하네요. 어서 씻고 옷 좀 갈아입으세요."

키스카가 크게 한숨을 쉰 후 침대에서 내려왔다.

귀여운 잠옷을 입은 소녀는 자신의 잠옷을 손가락으로 잡으며 무표정하게 유모를 보았다.

"에그, 땀에 젖어서 불편하시지요? 새 옷을 가져다 둘 테니 우선 씻으세요."

소녀가 무표정한 얼굴로 잠시 자신의 잠옷을 내려다본 후 샤워실로 들어가는 것을 본 유모가 고개를 저었다.

"그렇게 무서운 꿈을 꾸고 울기라도 했으면 차라리 덜 불쌍했을 텐데…… 불쌍해서 어떡해…….”

“아이 이름이 키스카라고 했죠? 열 살이고요.”

“그래, 맞네. 늦은 나이에 얻은 딸이라 애지중지 키웠지.”

그레고리와 함께 차를 마시며 키스카에 대한 이야기를 묻는 건이었다.

“광고를 보고 눈물을 흘렸다고요? 그전에는 그런 일이 없었나요?”

그레고리가 시가의 연기를 뿜으며 고개를 저었다.

“전혀, 비슷한 일도 없었네. 물론 아직 어려서 영상매체를 많이 접한 것은 아니지만 그전에 감동적인 영화를 보았을 때도 그저 무표정한 인형처럼 가만히 있었었지. 자네 영상을 보고 눈물을 흘리는 것을 보고 많이 놀랐지. 혹시나 해서 다음날 다시 보여줬는데 그때도 눈을 떼지 못하더군. 울지는 않았지만 말이야.”

“음……. 그랬군요.”

“신기하기도 하고, 아이의 감정 변화가 기쁘기도 해서 태블릿 PC에 영상을 틀어놓고 음악만 들리게 해뒀을 때도 귀를 기울이더군. 어떤 음악에도 마치 아무것도 들리지 않는 것처럼 행동하던 아이였는데 말이야. 그래서 다니엘에게 부탁한 것이야."

"네, 그 이야기는 다니엘 씨에게 대강 들었어요. 혹시 아이 어머님이 생전에 음악을 들려준 적이 있나요? 제게 힌트가 될 만한 뭔가가 기억나시면 언제든 말씀해 주세요."

그레고리가 기억을 떠올리려는 듯 눈을 감고 고심했지만 이내 고개를 저었다.

"내 아내는 생전에 그림을 좋아했어. 1층에 전시된 그림과 조각들은 모두 아내가 사 모은 것이야. 난 저런 쪽은 취미가 없지. 신형 총이라면 몰라도 말이야. 음악을 싫어하는 것은 아니었지만 그렇다고 찾아서 듣는 타입은 아니었어. 별채에 있는 그랜드 피아노도 인테리어로 산 것이고 말이야."

똑똑.

문밖에서 노크 소리가 들리자 그레고리가 황급히 시가를 재떨이에 비벼 끈 후 손을 휘둘러 방에서 연기를 지우고 난 후 근엄한 목소리로 말했다.

"들어와."

문을 살짝 연 짧은 금발 머리 사내가 문 안쪽을 보지 않은 채 말했다.

"보스, 아가씨를 모시고 왔습니다."

"그래, 들어와."

문이 조금 더 열리자 허리까지 오는 백금발의 아름다운 인형 같은 소녀가 모습을 드러냈다. 눈썹 부근에서 일자로 자른 머리에 큰 눈망울, 새하얀 피부를 가진 아이는 세상 어디에도 없을 인형 같은 모습이었다.

그레고리가 만면에 웃음을 가득 품고 소녀를 향해 다가가 두 팔을 벌려 소녀를 안아주었다.

"우리 키스카, 잘 잤니?"

그레고리가 따뜻한 말과 함께 꼭 안아주었지만, 소녀의 표정은 변화가 없었다. 그레고리는 키스카의 반응이 익숙한지 그저 웃음을 머금은 채 딸의 손을 잡고 건에게 다가왔다.

건은 소파에 앉은 채 기다렸다가 그레고리가 키스카의 손을 잡고 다가오자 일어나 소녀를 바라보았다. 너무 앙증스럽게 예쁜 소녀를 본 건이 환하게 미소를 지었다.

키스카는 아침부터 자신을 찾는 아빠가 자신을 안아주는 것을 알았지만 매일 있던 일상이었기에 아무 반응을 하지 않았다.

아빠는 자신의 손을 잡고 언제나 그랬듯 방 소파로 이끌었다. 그때 소파에서 누군가 일어나는 것이 보였다. 처음 보는 남자의 모습에 약간 경계하는 눈빛을 보내던 소녀의 눈에 남자가 들어왔다.

새하얀 얼굴.

칠흑같이 검은 머리.

새빨간 입술.

굵은 눈썹과 우뚝 솟은 콧날.

빛나는 미소.

매일 밤 꿈의 마지막에 빛과 함께 나타나 자신에게 손을 내밀어주던 그 남자였다. 키스카가 아빠의 손을 크게 뿌리쳤다. 그레고리가 소녀의 반응에 놀라 그녀를 내려다보았다.

소녀가 작은 주먹을 꼭 움켜쥐고 건에게 달려들어 안겼다.

"어어?"

건이 당황스러운 표정으로 자신의 다리를 붙잡고 안기는 소녀를 바라보았다.

놀란 눈으로 그레고리를 보자 그 역시 무척 놀랐는지 입을 다물지 못하고 있었다.

건이 다시 소녀를 내려다본 후 그레고리에게 허락을 구하는 듯한 눈빛을 보냈다.

그레고리가 정신을 차리고 고개를 끄덕이자 건이 소녀의 겨드랑이를 잡고 들어 올려 품에 안았다.

소녀가 건의 목을 껴안고 떨어지지 않았다.

오랜만에 주인을 만난 강아지마냥 그저 건의 품에 꼭 안긴 소녀를 보던 그레고리가 소녀를 안고 있는 건과 눈을 마주치고는 실소를 흘렸다.

"이거 생각보다 효과가 크군. 아빠인 나에게도 안기지 않는 아이인데 말이야."

건이 소녀의 등을 토닥거려 주며 말했다.

"그냥 애교 많은 아이 같은데, 아픈 아이 맞나요?"

"허허, 그러게 말이야. 나도 황당하군. 일단 힘들 텐데 앉지."

건이 키스카를 안은 채 소파에 앉자 생소한 딸의 모습이 신기했던지 그 자리에 서서 한참을 딸의 등을 바라보던 그레고리가 말했다.

"다니엘에게 듣기로는 아직 살 집을 못 구했다지? 혹시 집을 구할 때까지만이라도 내 집에 머물러 주겠나?"

건이 주위를 보며 말했다.

"예? 여기서 살라고요?"

그레고리가 살짝 고개를 저으며 말했다.

"정확히는 내 집의 별채야. 여긴 아무래도 자네가 지내기에는 불편하겠지. 듣기로는 보안이 확실한 집을 찾기 위해 집 구하는 시간이 지체되고 있는 것 같던데 말이야."

"아, 네 그건 맞아요. 스토커 사건이 한 번 있고 나니 보안에 신경이 좀 쓰이더라고요."

그레고리가 쇠창살과 방탄유리로 가로막힌 창문을 가리키며 웃었다.

"미국에서 내 집만큼 보안이 확실한 집이 또 있나?"

건이 그레고리가 가리킨 창밖을 보았다. 검은 정장을 입은 거대한 덩치들이 기관총을 메고 세퍼트를 끌며 경계를 서고 있는 모습이 보였다.

건이 실소를 지었다.

"하하……. 그건 그렇네요……."

그레고리가 키스카를 안고 있는 건의 어깨를 지그시 잡으며 말했다.

"부탁하네. 집을 구하고 나면 더 잡지 않겠네. 그 전까지만이라도 내 집에 머물러 주지 않겠나?"

그레고리는 건을 데리고 별채로 향했다. 그레고리의 대저택 오른쪽에 있는 별채는 겨울에 피는 시클라멘의 붉은 빛이 가득한 정원을 가지고 있는 1층짜리 단독 공간이었다.

그리스 신화에 나오는 새하얀 신전 같은 느낌의 집을 보고 있는 건의 옆에 선 그레고리가 말했다.

"그리스 아테네에 있는 파르테논 신전을 아는가? 와이프와 함께 신혼여행을 간 곳이었어. 거기서 묵었던 일렉트라 팰리스 아테네(Electra Palace Athens)라는 호텔을 재현하고 싶었지. 그런데 저쪽 지반이 약해서 그 호텔과 같이 4층 건물을 짓기에는 무리가 있다더군. 아쉽지만 1층 건물로 만족해야 했어. 와이프가 그렇게 떠나기 전에 저기를 참 좋아했지. 시클라멘들도 와이프가 직접 심은 것이고 말이야."

건이 무표정한 얼굴로 자신의 손을 잡은 채 서 있는 키스카를 내려다보며 웃었다.

한쪽 무릎을 굽히고 키스카와 눈을 맞춘 건이 눈짓으로 집을 가리키며 말했다.

"키스카. 오빠랑 저기 가서 놀까?"

키스카가 무표정한 얼굴로 큰 눈동자를 돌려 집을 보았다. 그레고리가 팔짱을 낀 채 혀를 차며 고개를 내저었다.

"안 갈 거야. 아이 엄마가 가고 나서는 별채에 안 들어가려고 하더군. 엄마와 추억이 가장 많은 곳이거든. 저 정원에서 항상 뛰어놀았으니까."

무릎을 굽힌 채 그레고리를 올려다보던 건이 키스카를 보았다. 커다란 눈망울의 키스카가 건과 눈을 맞추고 있었다.

건이 일어나 천천히 걸어 집의 정원으로 들어가자, 그 모습을 보던 키스카의 발이 조금 움직였지만, 금세 그 자리에 그대로 멈춰 버렸다.

안타까운 눈으로 키스카를 보던 그레고리가 한숨을 쉬고 포기할 즈음, 시클라멘 꽃이 흐드러지게 핀 꽃밭에 들어간 건의 뒤로 창문에 반사된 햇빛이 비쳤다.

밝게 빛나는 건을 보는 키스카의 눈망울이 가늘게 떨리고, 한껏 웃음을 지으며 키스카에게 손을 뻗은 건이 외쳤다.

"키스카! 이리 와봐! 오빠랑 놀자!"

심연의 어둠 속에서 빛을 따라가는 길에 만난 오빠가 그때와 같은 미소를 지으며 손을 내밀고 있다.

키스카의 조그맣고 앙증맞은 발이 조금씩 움직였다. 한발 또 한발 앞으로 나아가는 키스카를 보던 그레고리의 눈이 커졌다. 한발씩 천천히 다가가던 키스카가 어느 순간 작은 주먹을 꼭 쥐고 뛰기 시작했다.

"세상에! 키스카!"

뛰어가는 키스카의 뒷모습을 보던 그레고리가 소리를 질렀다.

키스카는 그대로 뛰어가 꽃밭으로 뛰어들어 건이 내민 손을 잡고 그대로 안겼다.

건이 웃으며 무릎을 꿇고 키스카를 안아주었다.

"어이쿠! 키스카 너무 세게 안기면 아파. 하하."

건이 품 안에 안긴 키스카가 몸을 잘게 떨고 있음을 느끼고는 웃음을 지우고 진중한 표정을 지었다.

건이 멀리서 경악한 눈으로 둘을 바라보고 있는 그레고리에게 고개를 끄덕이자 그레고리가 퍼뜩 정신을 차리고 정원으로 뛰어들어 왔다.

"아니, 키스카! 이게 어떻게 된 거니? 이 집에 절대 안 들어왔잖아?"

건이 키스카를 품에 안고 몸을 일으킨 후 한 손을 내밀어 보이며 말했다.

"아이에게 자꾸 설명을 요구하지 마세요. 아이의 어휘력으로 설명할 수 있는 한계가 존재하니까요. 또 생각이 정리되지 않고 즉흥적으로 행동하는 일도 많아요. 자꾸 설명을 요구하는 것은 정상적인 아이에게 논리를 부여할 수 있을지 모르지만, 키스카 같은 아이들에게는 독이 됩니다."

그레고리가 건의 말에 일리가 있다는 듯 수긍했다.

"그, 그래? 자네 아동 심리학도 배우고 있나?"

"하하, 아니요. 그냥 제 어린 시절에 느꼈던 감정들을 말하는 거예요. 저 역시 꿈을 꾸며 보았던 많은 일에 대해 어른들에게 설명할 수 없었거든요."

건의 품에 안겨 있던 키스카의 귓가로 꿈이라는 단어가 들렸다. 오빠도 자신과 같이 꿈을 꾸고 있었고, 꿈속에서 자신을 만났을 거라고 생각하니 괜히 웃음이 나올 것 같았다.

"헉! 키, 키스카! 키스카가 웃고 있어, 케이! 이거 보게! 키, 키스카가 웃고 있어!"

건에게 안긴 키스카가 작게 미소를 짓는 것을 본 그레고리가 삿대질을 해대며 고함을 쳤다.

건이 키스카에게 시선을 주지 않고 다시 입을 열었다.

"사소한 행동에 놀라지 마세요. 그럼 아이가 아빠가 놀라는 행동을 다시 하지 않으려 할지도 모릅니다. 그저 아이의 일상을 보는 것과 같이 대해주세요. 놀라는 건 속으로 하시고요."

그레고리가 퍼뜩 정신을 차리며 손을 내렸다. 건의 품에 안긴 채 건의 얼굴에 시선을 고정한 딸 아이의 모습이 조금 섭섭하게 느껴진 그레고리가 입맛을 다시며 말했다.

"저 미소를 보내는 대상이 내가 아니라는 것이 서운하군. 쩝."

"하하, 언젠가는 보게 되실 겁니다. 들어가시죠, 어이쿠 우리 키스카 무겁네. 열 살이라서 그런가? 오빠가 힘들다, 하하."

키스카가 무겁다는 건의 말에 살짝 얼굴을 붉히더니 내려 달라는 듯 작은 발을 바둥거렸다. 건이 웃으며 키스카를 내려놓고 눈을 마주치자 키스카가 살짝 고개를 돌리며 얼굴을 붉혔다.

너무 귀여운 모습에 키스카의 볼을 살짝 꼬집어준 건이 말했다.

"하하, 꼬마 숙녀가 벌써 부끄러움을 타네? 자! 오빠랑 들어갈까?"

그레고리가 얼굴을 붉히고 고개를 돌린 키스카의 모습을 보고 소리를 지르려다 자신의 입을 막았다.

'세상에! 방금 만났는데, 벌써 감정을 드러내? 내가 4년을 노력해도 안 되던 일이?'

키스카의 손을 잡고 집 문 앞에 선 건이 그레고리를 돌아보며 말했다.

"문 열어주셔야죠, 그레고리?"

"아! 열려 있네, 여기도 내 집 안일세, 허허."

"아! 그렇죠, 참! 건물이 달라서 같은 집이란 걸 잊었네요, 하하. 그럼 우리 들어갈까, 키스카?"

키스카가 문 앞에 서서 한쪽 발끝으로 바닥을 콩콩 찍었다. 그 모습을 본 건이 다시 무릎을 꿇고 키스카와 눈을 맞추자, 조금 불안해 보이는 소녀의 큰 눈망울이 보였다.

편안한 미소를 지은 채 키스카와 눈을 맞추던 건이 나직한 음성으로 말했다.

"괜찮아? 들어가지 말까?"

건은 괜찮다고 안심시키기보다는 아이의 의견을 구했다. 무작정 안심시키려 노력하는 것은 아이의 입장에서 어른의 강제적 감정 주입일 뿐이라고 생각했기 때문이다.

키스카가 답을 할 때까지 조용히 키스카의 눈을 보던 건이 특별한 반응 없이 자꾸 불안한 눈을 하고 있는 키스카의 손을 잡고 자리에서 일어나 정원으로 나왔다.

그 모습을 멀뚱히 보던 그레고리가 물었다.

"안 들어가나?"

건이 키스카의 손을 잡고 꽃밭으로 들어가며 답했다.

"아직 마음의 준비가 안 된 것 같네요. 자, 키스카 오빠랑 여기 정원에서 놀자. 저기 그네가 있네? 우리 그네 타러 가자."

흐드러진 꽃밭 가운데 하얀색 철제 그네가 있는 것을 본 건이 키스카의 손을 잡고 다가갔다.

다시 무릎을 꿇고 키스카와 눈을 마주친 건이 물었다.

"키스카, 그네 타고 싶어? 오빠가 밀어주면 재미있을 텐데. 어때?"

키스카가 아무 반응 없이 건의 눈을 바라보고만 있자, 건이 알겠다는 듯 웃음을 지으며 말했다.

"그래? 그럼 타자!"

건이 키스카를 번쩍 들어 올려 그네에 태우자 그레고리가 의아한 눈으로 물었다.

"뭘 하는 건가? 키스카는 계속 무표정이었는데 뭘 보고 동의했다고 생각한 거지?"

건이 그네에 앉은 키스카의 등 뒤로 돌아가 그네를 밀어주며 말했다.

"싫은 것에 대해 이야기 할 때 눈동자가 불안해져요. 방금 그네에 대해 물었을 때는 무표정했고요. 그건 싫지 않다는 표현이라고 볼 수 있거든요."

"그래? 어째 아이 아버지인 나보다 우리 키스카를 더 잘 아는 것 같군."

"하하, 설마요. 저도 확신은 없어요. 꼭 전문가에게 데려가셔야 합니다. 전 아동심리 전문가가 아니니까요. 괜히 어른들의 상식적인 생각으로 잘못 행동했다가는 아이의 상태가 더 나빠질 수도 있어요."

"안 그래도 주 2회씩 아동심리 전문가가 방문해서 두 시간씩 수면 치료를 받고 있네."

건이 키스카의 그네를 계속 밀어주며 물었다.

"혹시 전문가가 내려준 행동 양식이 있었나요?"

그레고리가 팔짱을 끼며 턱을 쓸었다.

"소아 우울증에 대한 신호를 잘 파악해야 한다는 거였지. 항우울제를 쓰기에는 너무 어리기에 가족 치료와 심리 치료 쪽으로 치료 방향을 잡겠다는 말도 했었어. 생화학적 원인이나 유전적 원인은 없는 것으로 판단하고, 환경적 요인으로 인한 우울증으로 처방하더군."

"치료를 받은 후 키스카에게 변화가 있었나요?"

"그럼, 당연하지. 원래는 자기 방에서 나오지도 않았다네. 치료를 받고 1년이나 지나고 나서야 집 안과 정원을 겨우 돌아다닐 수 있게 됐지."

"그래도 효과가 있었군요, 역시 전문가의 손길은 반드시 필요한 것 같아요. 혹시 치료를 받고 나서 의사 선생님이 평소와 다른 말을 하면 저에게도 알려주세요. 저도 명심해야 할 것 같으니까요."

"물론이지. 꼭 알려주도록 하겠네."

"그럼, 그레고리 씨는 그만 들어가시겠어요? 제가 아이와 함께 있을게요."

"응? 난 들어가라고? 왜?"

"아이가 편하게 놀 수 있는 환경을 주고 싶어서요. 어차피 다 보고 계실 거잖아요?"

건이 손을 들어 곳곳에 설치된 CCTV를 가리켰다. 건이 손으로 주위에 CCTV의 수를 세어보고는 말했다.

"정원에만 열 대가 넘네요. 집 안에도 있지요?"

"그, 그렇지."

"그럼 걱정하지 마시고 가서 일 보세요. 키스카랑 놀아주는 건 제가 할게요."

"그, 그래도 되나? 아! 아니…… 그게 나을까?"

"하하, 일 많으신 것 같은데 어서 가보세요."

"그래, 알았네. 이거 내 명함인데 혹시 무슨 일이 있으면 전화 주게."

그레고리가 내민 황금색 명함을 받아 든 건이 슬쩍 웃으며 말했다.

"명함 한번 화려하네요. 하하."

그레고리가 멋쩍은 미소를 지으며 말했다.

"그 명함 잘 간직하라고. 어디 뒷골목 지나다가 양아치들 만났을 때 보여주면 혼비백산하고 도망갈 테니. 허허. 그럼 난 가보겠네. 잘 부탁해."

그레고리가 떠나고 한참 동안 말없이 키스카의 그네를 밀어 주던 건이 천천히 입을 열었다.

"그만 타고 싶으면 신호 보내줘."

계속 그네를 타고 싶은지 아무 신호 없이 그네의 리듬에 맞춰 발을 버둥거리고 있던 키스카가 한참 동안 그네를 탄 후에 그네를 잡은 작은 손 중 검지를 살짝 들었다.

키스카의 반응에 집중하고 있던 건이 손가락을 보고는 웃으며 말했다.

"신호를 준 거야? 하하, 고마워. 그럼 우리 그만 타자."

천천히 그네를 멈춰준 건이 키스카가 어지럽지 않도록 잠시 기다린 후 그네에서 내리도록 도와주었다.

키스카에게 다가가 무릎을 굽히고 눈을 맞춘 건이 문 쪽을 가리키며 말했다.

"들어가 볼래?"

키스카가 큰 눈동자로 문을 보았다. 눈 주위가 약간 떨리는 것 같았지만, 아까와 다르게 불안함이 보이지는 않는 듯하자, 건이 키스카의 손을 놓고 혼자 문 쪽으로 향했다.

혼자 남겨진 키스카가 어쩔 줄 몰라 손만 꼼지락거리며 그저 건의 뒷모습을 바라보자, 문 앞에서 다시 키스카를 바라보며 손을 내민 건이 환하게 웃었다.

키스카가 아무 말 없이 웃으며 손을 내미는 건에게 쪼르르 뛰어가 안기자 건이 웃으며 키스카를 들어 올렸다.

"그래! 그럼 우리 들어가 보자!"

"어? 그랜드 피아노가 있네?"

집 안으로 들어온 건의 눈에 가장 먼저 띈 것은 낮은 턱 위에 놓인 검은 그랜드 피아노였다.

하얀색 틀을 가진 창문 밖으로 시클라멘 꽃들이 보이는 환한 자리에 놓인 피아노가 잘 관리된 듯 반짝거리며 빛나고 있는 것을 본 건이 키스카를 안은 채 피아노 의자에 앉았다.

키스카를 긴 피아노 의자 옆에 앉힌 건이 뚜껑을 열고 빨간색 덮개를 걷어내자 새것 같은 건반이 모습을 드러냈다.

건이 가만히 건반에 손을 올리고 조율이 잘되었는지 확인하자 키스카가 눈을 동그랗게 뜨고 소리를 내는 피아노를 보았다.

그런 키스카의 반응을 보던 건이 말했다.

"피아노 소리 처음 들어보는 거야? 집에 이렇게 좋은 피아노가 있는데 아무도 연주해 주지 않았나 보구나?"

가만히 눈을 들어 건을 올려다보던 키스카가 조금 관심이 가는 듯한 표정을 짓자 건이 양손을 피아노 위에 올리고 장난스러운 미소를 머금었다.

"젓가락 행진곡이란 음악 혹시 알아? 둘이 같이 연주할 수 있는데, 알려줄까?"

키스카가 가만히 건반 위에 검지를 하나만을 펴고 올려둔 건의 양손을 보자 건이 연주를 시작했다.

띵띵띵, 띵띵띵, 띵띵띵, 띵띵띵.

단지 손가락 두 개만으로 연주되고 있는 곡을 들은 키스카가 신기하다는 눈빛으로 건의 손을 보고 있었다.

한참 연주를 하던 건이 키스카의 손을 잡으며 말했다.

"한번 해볼래?"

건은 연주를 강요하지 않고 키스카가 손가락을 펴는 것을 보다가, 가만히 키스카의 등 뒤로 가서 작은 손을 잡고 연주를 시작했다.

키스카는 자신의 손끝에서 나오는 소리를 신기한 듯 바라보고 있었다.

건이 처음부터 끝까지 한 곡을 완주한 후 다시 옆에 앉아 다른 옥타브의 건반에 손을 올리고는 한 마디를 연주했다.

"이렇게 하는 거야, 해볼래?"

키스카가 혼자 손을 들어 건반 위에 올렸다가 잠시 순서를 떠올린 키스카가 연주를 시작하자 건이 빙그레 웃음을 지었다.

아이의 기억력으로 한 번에 기억할 수 있는 한계치까지 연주한 키스카가 큰 눈망울을 들어 건을 올려다보자, 건이 웃으며 말했다.

"와, 우리 키스카 대단하네. 그다음도 알려줄게. 자, 봐."

건이 키스카가 연주한 다음 부분을 반복해서 연주해 주자, 키스카가 건을 따라 연주하기 시작했다.

몇 번씩 틀린 부분이 나왔던 연주는 약 두 시간 후 완곡을 연주할 수 있는 수준까지 올라왔다. 키스카는 처음 접해본 피아노가 무척 흥미로웠는지 이마에 땀이 송골송골 맺히는 것도 모른 채 연습에 빠졌다.

"자, 이제 완곡을 연주할 수 있게 되었네? 잘했어, 하하. 그럼 이제 오빠랑 함께 연주해 볼까?"

키스카가 한 곡을 같이 연주한다는 의미가 무엇인지 몰라 눈을 동그랗게 뜨자 건이 말했다.

"키스카는 그냥 방금 한 것처럼 연주하면 돼. 자, 해볼까?"

가만히 건을 올려다보던 키스카가 고사리 같은 양손을 건반 위에 올리고 연주를 시작했다. 혼자 집중해서 연주하던 키스카의 시야 왼쪽에 낮은음을 내는 건반 위에 부드럽게 올라온 하얗고 긴 손가락이 보였다.

16마디가 지나고 건의 하얀 손가락이 낮은 화음을 만들어내기 시작하자, 곡은 완전히 다른 풍성함을 가지게 되었다. 공중으로 날아다니고 있는 풍성함 가득한 음표들이 신기한 키스카가 신나게 연주를 했고, 아쉽게도 곡은 금세 끝이나 버렸다.

곡이 끝나고도 건반에서 손을 떼지 못한 키스카가 건을 가만히 보았다.

싱글싱글 웃고 있는 오빠가 장난스러운 표정으로 말했다.

"어때? 재미있어?"

키스카가 고개를 숙이고 건반 위에 올려둔 손을 꼼지락거리더니 다시 젓가락 행진곡을 연주하기 시작했다.

그를 본 건이 이를 드러내며 웃었다.

"다시 연주하자는 뜻이구나? 좋아 이번엔 다르게 가보자."

연주에 따라붙은 건은 이전과 다르게 재즈풍의 박자로 치고 들어왔다. 키스카는 분명 같은 곡이었지만 완전히 다른 또 다른 곡에 눈을 동그랗게 떴다.

그렇게 건과 키스카는 몇 시간이 넘도록 햇살이 내리쬐는 창가에서 반짝거리는 그랜드 피아노에 앉아 연주를 했다.

그레고리의 방. 대형 TV에 연결한 CCTV가 16개로 분할되어 별채 곳곳을 비추고 있었다. 책상에 앉아 시가를 물고 있던 그레고리가 화면 속 건과 키스카를 보며 생각에 빠졌다.

'우리 키스카가 연주를 하고 있다? 소리까지 들렸다면 좋았을 것을…… 지금이라도 가서 볼까? 아니야, 괜히 내가 가면 키스카가 불편해할 수도 있어. 아이가 무언가에 관심을 보인

것이 대체 얼마 만인데 이런 기회를 날려? 안 돼, 참아야 한다.'

그레고리가 책상 위에 놓인 인터폰을 들고 말했다.

"나다. 정문에 연락해서 미로슬라브 좀 올려보내."

인터폰을 내려놓은 그레고리는 길게 시가 연기를 내뿜으며 CCTV에 시선을 고정했다.

잠시 후 노크 소리가 들리자 시가를 입에 문 그레고리가 TV의 분할 화면을 한 개의 화면으로 확대해 피아노에 비친 두 사람이 나오도록 바꾸고 말했다.

"들어와."

거대한 덩치의 스킨헤드 미로슬라브가 문을 열고 들어오며 말했다.

"보스, 부르셨습니까?"

그레고리가 눈짓으로 앉으라는 지시를 하자 소파로 다가오던 미로슬라브가 대형 TV에 비친 키스카와 건의 모습을 보고는 놀라며 외쳤다.

"아니? 아가씨? 저, 저, 저거 아가씨 맞습니까? 우리 아가씨가 피아노를 치신다고요?"

그레고리가 실소를 지으며 시가를 씹었다.

"그러게 말이야. 나도 놀라고 있는 참이지. 케이라는 청년. 참 신기한 친구야. 그 오랜 세월 마음의 문을 닫고 지낸 내 딸이 만난 지 몇 시간도 안 되어서 저리 마음의 문을 여는 것을 보면 말이야."

미로슬라브가 자리에 앉을 생각도 못 하고 대형 화면을 가리키며 입을 떡 벌렸다.

"뭐…… 뭔가에 집중하고 계신 건 처음 아닙니까? 저걸 케이가 만들어 낸 거라고요?"

"그런 걸로 놀라지 말게. 난 오늘 키스카가 웃는 것도 봤다네."

"예에에?"

"허허. 진짜라니까. 4년 만에 딸 아이 웃는 걸 처음 봤지. 작은 미소였을 뿐이지만 말이야. 언젠가 또래의 아이들처럼 밝게 웃는 것을 볼 수 있다는 희망이 생긴 것만으로 너무 기쁘다네."

"그, 그럴 수가. 아가씨가 웃으시다니……."

"하하, 앉게."

미로슬라브가 얼빠진 표정으로 소파에 털썩 주저앉아서도 CCTV에서 눈을 떼지 못하는 것을 본 그레고리가 웃음을 지었다가 다시 진중한 표정으로 시가의 연기를 들이마셨다.

"알바니아계 놈들 동향은?"

미로슬라브가 퍼뜩 정신을 차린 듯 자세를 바로 하고 말했다.

"린드로 그 망할 자식이 죽은 후로 자기들끼리 집안싸움 중입니다."

"유력한 세력이 있나?"

"아마 본토에 있던 아우렐이 넘어올 것 같습니다."

"아우렐?"

"예, 자국 여자들까지 납치해 매춘을 시켰던 린드로와는 좀 다른 놈입니다. 본토에서는 그에게 알바니아어로 '황금'이라는 뜻의 아리온(Arion)이라는 별명을 줄 만큼 사업 수완이 뛰어난 놈이라고 합니다."

"그래? 흠……. 그놈 들어오면 자리 좀 만들어봐."

"예? 직접 만나시려는 겁니까?"

"그래, 언제까지 전쟁을 계속할 수는 없지 않나."

"알겠습니다. 보스."

"경찰 쪽 움직임은 어떤가?"

"린드로가 실종된 후 우리 쪽을 의심하고 바싹 붙어 있습니다만, 린드로 그놈은 어차피 밀입국한 상태로 미국 국민이 아니니 크게 비중을 두고 조사하는 것 같지는 않습니다."

"우리와 충돌로 인해 주목하고 있을 텐데?"

"맞습니다. 하지만 백화점에서 시민들을 향해 총을 쏜 놈들은 그놈들이지, 우리가 아니지 않습니까? 알바니아계 조무래기들이 경찰 조사 폭탄을 맞고 있긴 합니다."

"음…… 그렇군. 하여튼 조심하고 조만간 메이든 반장과 식사자리 한번 마련해.”

“예, 보스.”

그레고리가 시가의 연기를 길게 뿜으며 대형 TV를 보았다.

“그리고 말이야. 저 케이라는 친구 말인데…….”

“예, 보스. 말씀하십시오.”

“특급으로 분류해 경호 인력 붙이도록 해. 나에 준하는 경호 태세로 부탁하네.”

미로슬라브가 놀란 표정으로 대형 TV에 비친 건을 보았다.

“예? 보스에 준하는 경호로 말입니까?”

그레고리가 재떨이 위에 시가를 올리고 가위로 탄 부분을 자르며 말했다.

“그래, 봐서 알겠지만, 우리 키스카가 좋아하는 것 같아. 지 어미 때처럼 좋아하는 사람을 잃게 하는 일을 또 만들고 싶지는 않군.”

♪♪♩

미국 버지니아 주 랭글리, 중앙 정보국(Central Intelligence Agency). 통칭 CIA. 모든 것이 철재로 만들어져 조금은 황량해 보이는 회의실에 두 남자가 마주하고 있었다. 그중 한 명은 건이 네팔에서 헤럴드 윈스턴과 함께 마주했던 수석 비서관이었다.

그는 앞에 여유로운 포즈로 앉아 있는 중년인을 보며 말했다.

“미첼 국장님. 무슨 말입니까, 그게?”

미첼이라 불린 CIA 국장이 서류철 하나를 들이밀며 말했다.

“방금 말한 그대로입니다. 케이가 러시아 레드 마피아의 보스 그레고리 미오치치와 접선하고 있다는 정보입니다. 미국에 입국하고 며칠 뒤 바로 그의 집에 들어갔지요. 서류를 보시지요.”

수석 비서가 미첼이 내민 서류철을 열자 위성으로 찍은 것으로 보이는 사진이 보였다.

사람 머리 위에서 찍은 각도로는 케이인 것을 알아보지 못한 수석 비서관이 얼굴을 찡그리자 미첼이 노트북의 화면을 돌려 동영상을 보여주었다.

드론이 촬영한 것으로 보이는 화면에는 미로슬라브와 함께 골프 카트를 타고 레드 캐슬로 들어가는 건의 모습이 선명하게 찍혀 있었다.

수석 비서관이 인상을 찌푸리며 물었다.

“케이가 이곳에 간 이유는요?”

미첼이 팔짱을 끼며 말했다.

“알아보고 있습니다. 현재까지 알아본 바에 의하면 그레고리 미오치치의 가장 친한 친구가 뉴욕 폴리탄 미술관의 CEO 다니엘 웨이스더군요. 그에게 모종의 부탁을 받은 케이가 그의 집으로 향했다고 합니다. 요원들을 풀어 알아보고 있으니 이유도 곧 알아낼 수 있을 겁니다."

수석 비서관이 다시 서류에 보이는 미오치치의 신상을 살펴보고 있자 미첼이 물었다.

"그런데, 세계적인 명성을 얻고 있지만, 학생일 뿐이고 딱히 위험성도 없는 친구에게 CIA 요원까지 붙이는 이유가 뭡니까? 우리도 할 일이 많은데 말입니다."

수석 비서관이 서류철을 되돌려 주며 얼굴을 굳힌 채 말했다.

"대통령님의 지시입니다. 대상은 감시가 아닌 보호를 해야 하는 것임을 명심하세요. 요원들 모두 대기시키시고 24시간 감시하도록 합시다. 혹시 안에서 케이가 위험한 상황에 처하면 즉시 구조 작전이 실행되어야 합니다. 이것은 미합중국 대통령 헤럴드 윈스턴의 지시이니 잘 이행해 주시기 바랍니다."

수석 비서관이 자신의 할 말을 다 했다는 듯 인사도 없이 회의실을 벗어나자 인상을 찌푸린 미첼이 전화를 들었다.

"건방진 새끼…… 어, 나다. 두 시간 내로 가용 가능한 인력 모두 레드 캐슬로 보내. 절대 노출되어서는 안 되니 각별히 조심하도록 하고. 뭐? 몇 명이라니, 방금 내 말 못 들었나? 가용 가능한 모든 인력이라고 했다! 백 명이든 이백 명이든 다 끌어모아서 지시가 있을 때까지 잠복해!"

회의실 테이블 위로 전화기를 던져 버린 미첼이 한숨을 쉬었다.

"하아, 레드 마피아라니…… 골치 아프게 생겼군."

밤 10시.

그레고리가 서재에서 CCTV를 보는 중 잠이 든 키스카를 안고 본관으로 건너오고 있는 케이를 보고 인터폰을 들었다.

"유모에게 정문에서 키스카를 인계받으라고 해. 케이는 내게 데려와라."

잠시 후 노크 소리가 들리고 건이 방 안으로 들어왔다. 그레고리가 반색하며 건에게 다가와 말했다.

"허허, 그래 오늘 하루 어땠나? 키스카는 좀 즐거워하던가?"

그레고리가 짐짓 아무것도 모른다는 듯 물어오자 건이 씩 웃으며 꺼져 있는 대형 TV를 눈짓했다.

조금 민망해진 그레고리가 헛기침을 하자 건이 웃음을 지으며 말했다.

"하하, 키스카는 잘 놀다 잠들었어요. 전 좀 나갔다 올게요."

그레고리가 의아한 표정으로 물었다.

"이 밤에 어딜 간단 말인가?"

"아, 일단 오늘은 호텔을 예약해 뒀거든요. 거기 가서 자고 내일 오후에 짐을 가지고 올게요."

"아, 그래? 호텔이라면…… 대신 짐을 찾아다 줄 수도 없겠군. 알겠네. 어느 호텔인가?"

"햄프턴 호텔이에요."

그레고리가 책상 위 인터폰을 들었다.

"나다. 케이가 나간다니 준비하도록."

짧은 통화를 들은 건이 의아한 눈으로 물었다.

"뭘 준비해요?"

그레고리가 태우다 남겨둔 시가에 불을 붙이며 연기를 뿜었다.

"자네 경호를 좀 하려고."

"예? 절 왜요?"

"뭐…… 유명인이니 혼자 돌아다니면 위험하지 않겠나?"

"하하, 여기 올 때도 혼자 택시타고 왔는걸요. 괜찮아요, 그레고리."

"음…… 그렇다면 데려다주기라도 하겠네. 그 정도는 괜찮지? 내일도 차를 보내지."

"네, 여긴 택시 잡기도 어려워 보이니 그래 주시면 감사하죠. 하하."

잠시 후 인터폰이 울리고 짧게 통화를 마친 그레고리가 말했다.

“밖으로 나가면 운전기사가 차를 대기하고 있을 거야. 가보게. 그럼 내일 보지.”

건이 자리에서 일어나며 웃었다.

“네. 내일 두 시쯤 올게요. 쉬세요. 아! 여기 묵게 해주셔서 고맙습니다.”

그레고리가 손을 휘휘 젓는 것을 본 건이 방을 나섰다. 그레고리는 문이 닫히는 것을 확인하자마자 인터폰을 들었다.

“나다. 경호 받는 것을 부담스러워 하는 것 같군. 운전기사만 딸려 보내고 경호 인력은 뒤로 따라붙어. 호텔 측에 이야기해서 케이가 묵는 층은 모두 비워두고 눈에 띄지 않게 경호하도록.”

건이 밖으로 나오자 검은 롤스로이스가 주차되어 있고 조직원으로 보이는 남자가 문을 열어주는 것이 보였다.

살짝 고개를 숙인 건이 차에 올라타자 재빨리 운전석에 탄 조직원이 차를 몰아 저택을 빠져나갔다. 건이 탄 차가 저택을 벗어나고 몇 초가 지나자 다시 저택 문이 열리고 열 대가 넘는 검은 차량이 줄지어 빠져나갔다.

맨 앞에 선 차량에 탄 미로슬라브가 기관총을 손질하며 무전기에 입을 대고 말했다.

“눈치 못 채게 조심해서 따라붙는다.”

늦은 밤 수 많은 차량이 앞에 선 롤스로이스를 따라나섰다. 산 쪽에 잠복해 있던 CIA 역시 무전이 바쁘게 오갔다.

"경호 대상이 이동한다."

"경호 대상 뒤로 마피아 조직원의 차로 보이는 차량 열 대가 따라붙어 있다."

"조직원으로 보이는 대상이 40명이 넘는다. 지시를 내려 달라."

"따라붙는다. 경호 대상 이동 경로 파악하도록."

건의 뒤에 CIA까지 따라붙자 이백 명이 넘는 인원이 따라붙었다. 이를 꿈에도 모른 건은 그저 창밖으로 보이는 풍경과 좋은 차의 쿠션에 만족스러운 웃음을 지었다.

그날 밤 건이 묵는 햄프턴 호텔은 조직원들에 의해 조용히 한 층이 비워지고, 비상구와 엘리베이터에 숨은 조직원이 밤새 경호했다. CIA 역시 로비나 주차장의 차에서 밤을 새워 대기해야 했다.

♪♪♩

아침 햇살이 창가에 비추어지고 작은 새들이 짹짹거리자 큰 침대에 혼자 누워 자고 있던 키스카가 눈을 떴다.

잠시 눈을 비비고 주위를 보던 키스카가 놀란 듯한 표정을 지었다.

언제 잠들었는지 몰라서? 옆에 건이 없어서? 아니었다. 소녀가 놀란 이유는 악몽을 꾸지 않아서였다.

지난 4년간 끊임없이 자신을 괴롭혀 왔던 악몽이 사라졌다. 어제 건과 피아노를 치며 노느라 집중해 피곤해서였는지, 아니면 건과 함께 있어서였는지 중요하지 않았다. 소녀에게 중요한 것은 오늘 꿈을 꾸지 않았다는 것이었다.

작은 몸을 움직여 침대에서 뛰어 내린 키스카가 잠옷 바람으로 달려가 문을 열고 복도를 뛰어나가자, 키스카의 기상 시간에 맞춰 오늘 입을 옷을 가져오던 유모가 소리쳤다.

"어머, 아가씨! 어디 가세요?"

키스카는 유모를 본체만체 그대로 뛰어 내려가 1층 문을 열었다. 드넓은 정원에는 오늘도 함께 사는 아저씨들이 세퍼트를 데리고 돌아다니고 있었고, 모든 것은 어제 아침과 같았다.

키스카가 고개를 돌려 멀리 보이는 별채를 보았다. 아침 햇살을 받은 별채가 아름다운 자태를 뽐내고 있는 것을 본 키스카가 다리에 힘을 주고 달려 나갔다.

따라 내려온 유모가 겨우 정문에 도착했을 때 키스카는 다시 별채를 향해 달려가고 있었다.

"아가씨! 슬리퍼만 신고 나가시면 어떡해요? 아가씨!"

별채까지 거리가 상당했지만 한 번도 쉬지 않고 달려온 키스카가 꽃이 가득한 정원을 지나 갈색 문 앞에 서서 숨을 골랐다. 힘들었는지 무릎을 잡고 숨을 헐떡인 키스카가 벌떡 일어나 문을 활짝 열었다. 키스카의 눈에 어제 건과 함께 연주했던 피아노가 보였다.

어제의 일이 마치 꿈이었다는 듯 뚜껑이 닫힌 그랜드 피아노가 키스카를 불안하게 만들었다. 키스카가 집 안으로 달려 들어와 맨 처음 보이는 방문을 활짝 열었지만, 아무도 없는 빈 침대만 놓여 있었다.

다음 방으로 달려가 문을 열었지만, 또 다른 빈방만 보였다. 키스카의 작은 입술이 바들바들 떨리기 시작했고, 아랫입술을 꼭 깨물었는지 입술 아래 이빨 자국이 났다.

다시 뛰어간 키스카가 마지막 방문을 열었지만 역시 빈방이었다. 고개를 숙인 키스카가 실망한 눈빛을 짓다가 다시 벌떡 고개를 들고 정원으로 달려 나갔다.

어제 건과 함께 탄 그네를 지나 집을 크게 한 바퀴 돌았지만, 건의 모습은 찾아볼 수 없었다.

키스카가 고개를 푹 숙이고 제 자리에 우두커니 서 있었다.

그제야 뚱뚱한 몸을 뒤뚱거리며 별채까지 쫓아온 유모가 숨을 헐떡이며 다가왔다.

"허억, 허억. 아이고 아가씨! 어딜 그리 뛰어다니세요, 허억, 허억."

키스카는 유모의 말이 들리지 않는지 고개를 푹 숙인 채 그저 서 있었다. 그런 키스카를 본 유모가 잠시 숨을 더 고른 후 땀으로 젖어버린 소녀의 잠옷을 만져주며 말했다.

"케이. 그 사람 찾는 건가요, 아가씨?"

키스카는 유모의 입에서 케이의 이름을 들었지만, 여전히 고개를 숙이고 있었다.

그런 소녀의 목 밑머리를 정돈해 주던 유모가 말했다.

"케이라면 오후에 다시 올 거예요."

소녀의 고개가 번쩍 들려지며 큰 눈망울로 유모를 보았다. 그런 키스카를 본 유모가 실소를 흘리며 말했다.

"호호, 우리 아가씨가 케이를 찾고 있었군요? 호호, 케이는 오후 두 시에 자기 짐을 가지고 온다고 했어요. 그러니 걱정하지 말고 아침 드시래요. 케이가 말했다고요, 키스카 아가씨가 아침을 먹었으면 좋겠다고요."

키스카가 그런 유모의 얼굴을 빤히 보더니 유모의 손을 잡고 앞으로 잡아끌었다.

유모가 그런 키스카를 보며 웃음 지었다.

"어머나, 우리 아가씨 힘 봐. 어디 가려고요?"

키스카가 답을 하지 않고 열심히 유모의 손을 잡아 끌자 유모가 입을 가리며 웃었다.

"호호호, 아침 먹으러 가자고 하시는 거구나? 호호, 알았어요, 같이 가요 아가씨. 아, 오랜만에 아빠랑 같이 아침 먹을까요?"

키스카가 답을 하지 않고 열심히 자신의 손을 잡아끌자 그저 웃으며 키스카와 보폭을 맞추어 빠르게 걷는 유모였다.

잠시 후, 본채 1층에 있는 식당에 홀로 길고 거대한 테이블에 앉아 식사를 하며 신문을 보고 있는 그레고리가 있었다. 그는 매일 아침과 다를 바 없이 간단한 빵과 스크램블 에그, 러시아의 스프 요리인 보르시치를 먹으며 테이블 위에 놓인 신문에서 눈을 떼지 않고 있었다.

그는 아내가 죽고 난 후 혼자 식사하는 시간을 방해받는 것을 싫어해 식사 중일 때는 시중을 드는 하녀들도 조금 멀리 떨어뜨려 두고 식사를 했다. 그가 식사를 마치고 일어서기 전까지는 누구도 그에게 말을 건네지 않는 것이 이 집 식구들의 불문율이기도 했다.

그런 그에게 여성의 음성이 말을 걸어왔다.

"저…… 보스."

그레고리가 식사 중 오랜만에 말을 거는 그 누군가를 황당한 눈빛으로 보다가 유모인 것을 보고 고개를 갸웃했다.

유모를 아래위로 보던 그레고리의 눈에 유모의 손을 잡고 서 있는 키스카가 보이자 표정을 환하게 바꾼 그레고리가 말했다.

"오! 키스카, 일찍 일어났구나? 식당에는 웬일이지? 넌 어릴 때부터 아침을 안 먹잖아? 아빠한테 뭔가 할 말이 생각난 거야?"

키스카가 아무 말 없이 그레고리의 왼쪽 식탁의자로 기어올라가자 그레고리가 의아한 눈으로 유모를 보았다.

유모는 손으로 입을 가리고 곱게 웃으며 말했다.

"아가씨가 아침 식사를 하겠다고 하네요."

그레고리가 놀라 무언가 소리를 치려 하다가 건의 말이 생각나 자신의 입을 막았지만 경악한 눈으로 키스카를 보는 것은 어쩔 수 없었다.

그레고리가 손짓하자 유모가 가까이 다가왔다.

그레고리는 유모의 귀에 나지막하게 속삭였다.

"무슨 일인가? 한 번도 아침 식사를 한 적이 없는 아이가."

"호호, 아침에 일어나자마자 케이를 찾으러 나가길래 케이가 아침 식사를 꼭 하라고 말했다고 했어요. 그랬더니 저러시네요, 호호."

그레고리가 놀란 눈으로 유모와 키스카를 번갈아 가며 보다가 한숨을 지었다.

"휴, 어제 처음 본 사람보다 못한 건가, 난."

"호호, 그러려니 하세요. 아가씨가 그 사람을 많이 좋아하는 것 같으니."

그레고리는 5년 만에 딸과 함께 아침 식사를 했다. 그 날 그는 이례적으로 온종일 입에 웃음을 달고 있어 지켜보던 부하들을 놀라게 했다.

유모와 함께 방에 들어간 키스카가 옷장을 뒤지기 시작하자, 유모가 의아한 눈으로 물었다.

"우리 아가씨. 이번엔 뭘 찾아요?"

살짝 인상을 쓴 키스카가 대답 없이 옷장 서랍에 들어갈 듯 몸을 욱여넣고 무언가를 찾고 있었다.

유모가 가만히 보고 있자 무언가를 찾아낸 키스카가 서랍 안쪽에서 옷 한 벌을 꺼내 들고 일어나는 것이 보였다.

"어머, 하늘색 원피스네요? 그 옷이 입고 싶으셨구나? 이리 주세요. 입혀 드릴게요."

키스카가 유모에게 옷을 내밀고 팔을 들자 한껏 웃음을 지은 유모가 옷을 입혀주며 눈물을 글썽였다.

'아가씨의 이런 모습을 얼마나 보고 싶었는데. 이제 또래의 꼬마 아가씨 같구나!'

옷을 입은 키스카가 화장대로 달려가 의자 위에 앉아서는 거울을 보았다. 옷을 입느라 헝클어진 머리를 만져본 키스카가 브러시를 들어 유모에게 내밀었다.

유모가 눈에 맺힌 눈물을 지우며 웃었다.

"머리 빗어달라고요? 호호, 네 아가씨. 이 유모가 예쁘게 빗겨 드릴게요."

유모가 머리를 빗겨주는 것을 거울을 통해 보던 키스카가 큰 눈망울로 벽에 걸린 고급 시계를 보았다.

오전 열 시. 케이가 집에 오기 네 시간 전이었다.

♪♪♩

캐리어 두 개를 밀고 양어깨에 기타를 하나씩 맨 건이 호텔 문밖으로 나오자 문 앞에 서 있던 조직 두 명이 짐을 받았다. 빼앗듯 짐을 가져가는 조직원들을 멍하게 보던 건이 익숙한 얼굴을 보고 인사를 건넸다.

"미로슬라브 씨? 안녕하세요, 여긴 웬일이세요?"

어젯밤을 새워 경호를 받았다는 것을 꿈에도 모르는 건이 천진난만하게 묻는 것을 본 미로슬라브가 험상궂은 인상에 어울리지 않는 순박한 웃음을 지었다.

"보스께서 보내셨습니다. 케이를 모셔 오라고요."

"아, 그러셨구나. 짐은 제가 들고 가도 되는데. 몇 분이나 오신 거예요? 저 한 명 데려가는데."

미로슬라브가 재빨리 호텔 복도에 서 있는 조직원들의 수를 빠르게 센 후 말했다.

"하하, 저까지 넷입니다. 근처에 일이 있어 들렀다가 모시러 온 것이니 신경 쓰지 마세요."

"아, 그렇군요. 하하, 알겠어요."

"그런데 왜 모자와 선글라스를 쓰고 계십니까?"

건이 선글라스를 치켜올리며 말했다.

"아, 이거요? 사람들이 알아보면 귀찮은 일이 많이 생겨서요."

미로슬라브가 손을 내밀었다. 건이 그의 손을 빤히 보며 의아한 눈을 하자 미로슬라브가 말했다.

"우리가 있으니 괜찮습니다. 주시고 편히 가시죠."

건이 잠시 미로슬라브를 보다가 그 뒤에 선 엄청난 덩치의 조직원 셋을 보고는 고개를 끄덕이며 모자와 선글라스를 넘겨주었다. 엘리베이터에서 덩치들에게 둘러싸여 있던 건은 1층 로비를 지날 때 역시 덩치들 사이에 가려져 있었다.

'하하, 경호가 붙으면 어색하고 괴로울 줄 알았는데, 편한 점도 있구나. 모자 쓰고 다니기 답답했는데.'

1층 앞에 나오자 벨보이들이 위압적인 조직원들에게 압도당했는지 한쪽 구석에 몰려 있었다. 조금 미안해진 건이 재빨리 차에 올라타자 롤스로이스가 부드럽게 출발해 호텔을 빠져나갔다. 창밖을 보고 있던 건이 의아한 눈을 떴다.

"뭐지? 호텔 밖에 무슨 행사라도 하나? 무슨 차들이 이렇게 많이 정차해 있어? 전부 비상등을 켜고."

건이 무심코 지나친 수많은 차량들이 롤스로이스가 지나가고 난 뒤 천천히 뒤를 따라붙었다.

건이 조직원들이 붙은 것을 모르듯 조직원들도 한참 뒤에 따라붙은 CIA 요원들을 눈치채지 못하고 있었다.

이른 오후에 햄프턴 호텔에서 레드 캐슬로 가는 길에는 삼십 대가 넘는 차량이 줄지어 이동하고 있었다.

차 안에서 창밖의 풍경을 보던 건의 전화기가 진동을 울렸다. 액정에 떠오른 이름을 본 건이 반가운 마음에 전화를 귀에 대고 높게 소리쳤다.

"병준이 형!"

-아이고 깜짝이야, 이놈아.

"하하, 어디에요?"

-어디긴 중국이지. 일주일 뒤에 넘어간다. 호텔은 어때? 신경 써서 잡긴 했는데, 직접 보고 예약한 것이 아니라 조금 불안하네.

"아, 저 어제는 호텔에서 잤는데 편하고 좋았어요, 형."

-어제는? 뭔 소리야? 오늘은 다른 곳에서 자냐?

"아 맞다. 저 지인 소개로 다른 집에서 묵게 되었어요. 형도 오시면 같이 들어오셔도 돼요."

-지인 소개? 어떤 집인데? 보안은?

"보안은 엄청나죠. 호텔이랑 비교도 안 될 만큼이요, 하하."

-그래? 유명한 사람 집인가 보네, 알았어 보안만 좋으면 어디

라도 좋지 뭐.

"연주 누나랑 상미 누나는요?"

-두 사람 시집간 지 오래다, 이놈아. 시집가고 회사 관뒀어.

"아…… 정말이요? 결혼식도 못 가봤는데, 미안하네요."

-너 군대 있을 때 갔으니 두 사람도 서운해하지는 않을 거다. 걱정 말고, 나 가기 전까지 사고 치지 말고.

"하하, 형도 참. 제가 언제 사고를 쳤다고 그래요?"

-넌 인마. 나쁜 것이 아닐 뿐이지 대형사고만 치잖아. 휴, 황소고집인 김 건을 또 맡으려니 눈앞이 노랗다.

"피, 린 이사님이 저는 무조건 형이 맡아야 한다고 엄청 우겨서 할 수 없이 보내는 거라고 하던 걸요?"

-어흠, 그냥…… 뭐 하여튼 일주일 뒤에 간다! 알았지?

"하하, 알았어요, 형."

전화를 끊은 건이 히죽 웃음을 지었다.

"레드 마피아 보스의 집으로 오라고 하면 기절할지도? 하핫."

잠시 통화를 하는 사이 대저택이 보이는 곳까지 온 건이 내릴 준비를 하였다.

하지만 정문을 지난 차는 한참 동안 드넓은 정원을 지났기에 한쪽 엉덩이를 들고 내릴 준비를 하던 건은 기다림에 지칠 지경이었다.

'휴, 집 한번 엄청나게 넓다 진짜. 왜 이렇게 넓은 정원이 필요한지 모르겠네.'

분수대를 크게 돈 롤스로이스가 멈춰 서자 기다리고 있던 건이 조직원이 문을 열러 뛰어오기도 전에 문을 열고 내렸다.

한숨을 푹 쉰 건의 눈에 정문 앞에서 유모의 손을 잡고 있는 키스카가 들어왔다. 하늘색 원피스를 입고 하얀 발목 양말에 앙증맞은 검은 구두를 신은 백금발의 키스카가 큰 눈망울로 건을 보고 있었다.

표정은 없었지만 어쩐지 기뻐 보이는 소녀의 모습을 본 건이 얼굴 가득 미소를 짓고는 한쪽 무릎을 꿇고 양팔을 벌렸다.

"키스카! 잘 잤어?"

건이 한 쪽 무릎을 꿇을 때부터 유모의 잡은 손을 꼼지락거리며 준비하던 키스카가 건이 양팔을 벌리자마자 유모의 손을 뿌리치고 뛰어와 안겼다.

"아이쿠! 우리 키스카. 잘 잤나 보구나? 어제보다 얼굴이 좋네."

키스카가 오랜만에 악몽을 꾸지 않고 일어나 얼굴이 좋은 것이란 것은 꿈에도 모르는 건이 발그레한 키스카의 볼을 만져주며 말하자 키스카가 고개를 숙이고 하늘색 원피스의 스커트를 만졌다.

건이 키스카가 옷을 만지는 것을 보며 무슨 뜻인지 파악하려는 찰나 유모가 조용히 속삭였다.

"아가씨가 직접 고른 옷이에요. 칭찬해 주시겠어요?"

건이 유모와 눈을 마주치며 고맙다는 뜻을 담아 고개를 살짝 숙여 보인 후 웃으며 키스카의 옷자락을 만졌다.

"우와! 우리 키스카, 이렇게 입으니까 완전 천사 같다! 예뻐서 오빠한테 시집오라고 말하고 싶네!"

키스카가 고개를 숙인 채 아무도 모르게 작게 미소를 지었다. 기뻐하고 있다는 것을 느낀 건이 키스카의 손을 잡고 일어나 유모에게 물었다.

"그레고리씨는 어디 계세요?"

"보스는 일이 있어 외출하셨습니다. 바로 별채로 가시면 됩니다."

"아, 고마워요."

"쿠키나 차를 가져갈 테니 아가씨와 먼저 들어가세요."

"네, 감사합니다. 가자, 키스카."

키스카와 함께 별채에 들어온 건이 조직원들이 가져다준 캐리어를 받아 열었다. 키스카가 궁금했는지 건이 열어 둔 캐리어를 들여다보자 건이 웃으며 캐리어에서 짐을 꺼내기 시작했다.

"이건, 오빠 옷이고. 이건 악보야. 악보 알아? 어제 우리 연주한 것 있잖아. 저기 피아노에서. 그런 연주곡들을 기호로 써두는 것이 악보야. 이것만 있으면 무엇이든 연주할 수 있단다."

키스카가 신기한 눈빛으로 악보를 보자 건이 나머지 짐들을 꺼내기 시작했다. 키스카는 악보를 들여다보고 있다가 건의 가방에서 액자 하나가 나오자 손을 내밀었다.

건이 그런 키스카에게 액자를 넘겨주며 말했다.

"우리 엄마 사진이야. 여기 동생 사진도 있어. 아빠 사진은…… 없네. 하하."

키스카가 영하의 사진을 가만히 들여다보았다. 자신의 기억 속 엄마보다 예쁘지는 않았지만 뭔가 포근한 느낌이 드는 영하의 사진을 만지작거리는 키스카를 보면서 건이 조용히 입을 열었다.

"난 말이야. 평생 엄마한테 걱정 끼치지 않는 아들이 되고 싶었다? 미국의 엄마들과 다르게 한국의 엄마들은 아들이 결혼하고도 평생 자식 뒷바라지를 하시거든, 뭐 딸도 마찬가지지만. 그런 엄마의 마음을 아프게 하고 싶지 않았어."

키스카가 가만히 사진을 보며 건의 말에 귀를 기울였다.

"나이를 먹고 생각해 보니 내가 어렸을 때 엄마의 머리채를 잡아당겼을 때도 엄마는 아팠을 것이고, 모유를 먹다 젖꼭지를 깨물었을 때도 아팠을 것이고, 엄마의 뱃속에서 발길질로 엄마의 갈비뼈를 멍들게 했을 때도, 10개월 동안 엄마의 뱃속에서 뱃살에 튼 자국이 늘어나게 했더라, 나라는 사람은. 또 내가 태어나던 순간, 세상으로 머리를 내밀었을 때도 나는 엄마에게 온갖 고통을 주었다는 것을 알게 되었어."

건이 키스카의 머리를 쓸어주며 말했다.

"결국, 난 엄마를 아프게 한 아들임은 틀림없었지. 물론 여기까지는 마음이 아니라 몸을 아프게 한 것이지만 말이야. 그래서 엄마의 마음을 아프게 하지 말아야지 하는 생각으로 살아왔고, 나름 잘 살아왔다고 생각했는데…… 이번에 한국에 갔다가 우연히 엄마의 일기장을 보고 나서는 또 다른 생각을 하게 됐어. 엄마의 일기장에 뭐라고 쓰여 있었는지 궁금하지 않아?"

액자에 시선을 두고 있던 키스카의 큰 눈망울이 건의 얼굴로 향했다.

"내가 키스카의 나이 생일날에 쓰인 엄마의 일기에는 이런 말이 쓰여 있었어. '엄마에게 너의 울음소리만큼 슬픈 것이 없었고 얼굴에 떨어지는 눈물만큼 안타까운 모습도 없었다. 어떻게든 엄마는 너의 울음을 멈추려 안간힘을 썼고, 울음을 멈추지 못했다면 가슴이 수백만 조각으로 깨지기도 했다'라고 말이야."

건이 자신을 보고 있는 키스카의 볼을 살짝 꼬집어주며 말했다.

"엄마의 몸과 마음을 아프게 하고 이렇게 컸으니까, 이제 돌려주어야 할 때겠지, 나 때문에 아파하신 그 마음이 거름이 되어 지금의 내가 되었으니까, 아픈 마음의 조각들을 깨끗이 모아서 다시 돌려드릴 거야."

키스카가 고개를 돌려 멀리 벽에 걸린 엄마의 초상화를 보았다. 밀짚모자를 쓰고 하얀 민소매 원피스를 입은 엄마가 환한 미소를 짓고 있었다. 그런 키스카의 머리를 쓰다듬어 주던 건이 말했다.

"키스카도 하늘나라에 계신 엄마의 얼굴에 웃음꽃이 피길 원하지? 그럼 우리 키스카가 잘 먹고, 예쁘게 커야 엄마가 좋아할 거야. 할 수 있지?"

키스카가 표정 없는 얼굴로 엄마의 초상화를 뚫어지게 보다가 곧 관심을 잃었는지 건의 캐리어에서 나오는 짐들에 관심을 옮겼다.

건이 잠시 키스카를 보다가 나머지 짐을 꺼냈다. 한참 꺼내 나온 짐 중 악보를 쓸 때 사용하던 스케치북에 시선을 주는 키스카를 본 건이 스케치북을 내밀며 말했다.

"그림 그려볼래? 크레파스는 없지만."

건이 침대에 엎드려 옆자리를 톡톡 치자 키스카가 건을 따라 엎드렸다. 키스카의 손에 펜을 쥐여준 건이 말했다.

"마음의 도화지에 원하는 삶을 자꾸 그리다 보면 어느새 그 그림이 살아서 뛰어나온다고 해. 이왕이면 다른 사람과 내가 함께 행복해지는, 그런 최고로 좋은 그림을 자꾸 그려봐."

건이 준 펜으로 그림을 그리기 시작한 키스카를 보던 건이 조용히 몸을 일으켜 나머지 짐을 정리하기 시작했다. 엎드려 그림을 그리고 있는 키스카의 스케치북 안에 환한 미소를 머금고 손을 내민 건의 모습이 그려졌다.

그림이 익숙하지 않은 키스카가 여러 번 덧칠하며 완성되는 건의 모습을 보며 작게 미소를 지었다.

평화로운 별채의 오후에 따스한 햇볕이 비추어지고 늦은 오후가 되도록 그림에 열중하던 키스카는 자신이 그린 그림을 찢어 곱게 접은 뒤 원피스 속으로 숨겼다.

한참 만에 돌아온 건이 빈 스케치북을 보며 고개를 갸웃했다.

"분명히 오랜 시간 동안 뭔가 그리는 것 같았는데……."

◈ 2장 ◈
Ready For First Edition

레드 캐슬에서의 일상은 무척 평화로웠다. 사실 집 주위에 경호를 하고 있는 인력만 백여 명이 넘기에 밖에서 무슨 일이 나든 안은 평화로운 것이 당연하기도 했다.

남의 눈치를 보지 않고 넓은 잔디밭을 산책할 수도 있고, 햇볕이 내리쬐는 오후에 잔디에 앉아 기타를 쳐도 괜찮았다. 예상외로 편한 생활 속에 건과 키스카는 항상 붙어 다녔다.

며칠이 지나고, 그 날도 여느 날과 다름없이 오후의 따뜻한 햇살 아래의 잔디밭에서 기타 연주를 하던 건은 옆에 엎드려 그림을 그리다 잠든 키스카에게 담요를 덮어주다 키스카가 스케치북에 쓴 문장을 보았다.

아빠가 사준 크레파스를 들고 온 키스카가 이런저런 그림을 그리다 스케치북 끝에 끄적거리듯 써둔 네 줄의 문장이었다.

“응? 뭐라고 쓴 거지, 러시아어라서 무슨 말인지 모르겠네.”

건이 기관총을 들고 경계를 서고 있는 조직원에게 손을 흔들었다. 혹시 키스카가 깰까 봐 소리를 치지 못했지만, 경계를 서는 이의 신경은 바싹 곤두서 있었기에 금방 건이 보내는 신호를 보고 다가왔다. 금발이었지만 짧은 머리를 한 조직원은 한국 사우나에서 자주 보던 깍두기 아저씨와 똑 닮았다.

“저기, 성함이 드미트리 씨였죠?”

드미트리가 기관총을 등 뒤로 숨기며 고개를 슬쩍 빼고 잠든 키스카를 확인하고는 고개를 끄덕였다.

“네 맞습니다, 케이.”

“죄송하지만 이게 무슨 뜻인지 좀 알 수 있을까요?”

드미트리가 건이 내민 스케치북을 보고 바로 키스카가 쓴 것임을 알았는지 서글픈 표정을 지었다. 그가 잠시 볼을 긁적이다 스케치북을 건 쪽으로 보이며 가장 첫 줄을 짚었다.

“맨 윗줄에 ‘Если бы я мог изменить мир’이란 문장은 ‘내가 세상을 바꿀 수 있다면’이란 뜻입니다. 키스카 아가씨가 쓰신 것 맞습니까?”

“네, 맞아요.”

드미트리가 짧은 한숨을 쉬며 말했다.

“그대로 읽어 드리죠. ‘내가 세상을 바꿀 수 있다면, 시간을 되돌려서, 그때로 돌아갈 텐데. 아무도 모르는 곳에 숨어 그저 바라만 봐야 했던 그때, 그때로 돌아가 당신을 구할 수 있다면'이라고 쓰여 있습니다."

건이 안타까운 표정을 지으며 엎드려 잠든 키스카를 내려다 보았다.

드미트리 역시 건과 마찬가지로 안쓰러운 눈으로 키스카를 보며 나직한 음성으로 입을 열었다.

"아가씨는 엄마를 그리워하지 않습니다. 이상한 일이죠? 한 번도 아가씨가 엄마를 보고 싶어 한다는 느낌을 받은 적이 없습니다. 사진이나 초상화를 봐도 그저 무표정하죠. 아마도 아가씨는 엄마의 마지막 모습만 기억하고 싶은 것인지도 모릅니다."

건이 드미트리를 올려다보며 물었다.

"마지막 모습? 어머니가 돌아가시는 모습을 직접 보았다고 들었는데, 그때의 참혹한 모습을 애써 기억하고 있다는 말씀인가요?"

드미트리가 살짝 고개를 끄덕였다.

"듣기로는 나탈리에 님이. 아! 아가씨 어머니의 이름이 나탈리에 님입니다. 그분이 돌아가시기 전에 키스카 아가씨를 보며 끝까지 웃으며 돌아가셨다고 하더군요. 자신의 마지막 모습을 기억해 달라는 듯 말이죠."

"그건 어떻게 아시나요? 그때 백화점에 있던 모든 분이 사망하셨다고 들었는데."

"아닙니다. 단 한 명이 살아 있었죠. 물론 지금은 불구가 되어 러시아로 돌아갔지만요. 그 친구가 총을 세 방이나 맞고도 아가씨의 몸을 가리며 기절해서 지금 아가씨가 살아 있는 것이기도 하고요."

"그렇군요……. 고맙습니다, 드미트리."

"아닙니다. 여기 스케치북."

드미트리는 건에게 스케치북을 돌려준 후 등 뒤에서 기관총을 빼며 경계를 섰다.

건이 스케치북에 적힌 키스카의 말을 한참 내려다보다가, 드미트리가 해석해 준 말을 영어로 옮겨 썼다. 잠시 영어로 적힌 문장을 내려다보던 건의 눈이 깊게 가라앉았다.

'노래를 만들자, 감정을 표현하기 어려운 키스카 대신, 내 목소리로 대신 세상에 외치자. 키스카의 작은 심장 속에 박힌 말들을.'

건이 스케치북을 다음 장으로 넘겨 손으로 빈 오선지를 그리기 시작했다. 한 페이지를 오선지로 가득 채운 건이 기타를 들었다.

'아직 단 네 줄의 가사이지만 이것만이라도 만들어 보자. 키스카가 또 다른 글을 쓰면 또 그 생각들을 정리해 만들어서 키

스카를 위한 노래가 아닌, 키스카가 남에게 들려주고픈 음악을 만들자.'

피크를 잡고 눈을 감은 건이 시작부터 솔로 멜로디를 연주했다. 마치 천국을 그리려 하는 듯 서정적인 멜로디가 건의 손을 타고 흘러나왔다.

몇 번을 반복해 하나의 소절을 만든 건이 스케치북 위 오선지에 음표를 그려 넣었다. 어떤 때보다 신중한 모습의 건이 기타를 붙잡고 연주를 하다 다시 악보를 쓰는 작업을 수없이 반복했다.

속으로 중얼거리며 가사를 읊어대던 건은 누가 보면 미친 사람 취급을 받을 만큼 집중하고 있었다.

한 시간이 넘게 잠이 들었던 키스카가 엎드린 채 눈을 떴다. 여기가 어디인지 파악하려는 듯 큰 눈을 깜빡이며 눈앞에 보이는 녹색 잔디밭을 보던 키스카의 귀로 기타 소리가 흘러들어왔다.

"띵, 디딩, 디딩! 디잉, 디디딩! 디딩……."

키스카가 고개를 들고 건을 보자 기타를 치고 있던 건이 키스카를 보며 빙긋 웃었다.

"일어났어? 키스카한테 들려주고 싶어서 노래를 만들어 봤는데, 들어봐 줄래?"

키스카가 눈을 깜빡이다가 몸을 일으켜 자리에 앉아 건을 바라보았다.

귀여운 키스카의 머리를 한 번 쓰다듬어 준 건이 다시 기타를 연주하기 시작했다.

키스카의 귀로 무언가 그리워하고, 애타게 바라는 듯한 건의 기타 소리가 들려왔다. 자기도 모르게 눈을 감은 키스카에게 건의 감미로운 목소리가 들려왔다. 건의 목소리는 가성과 진성을 넘나들며 부드러운 감정을 전달해 주었다.

If I could change the world.

(내가 세상을 바꿀 수 있다면.)

Back in time, I'll be back then.

(시간을 되돌려서, 그때로 돌아갈 텐데.)

When I had to hide in a place where no one knew.

(아무도 모르는 곳에 숨어 그저 바라만 봐야 했던 그때.)

If you can go back then and save you.

(그때로 돌아가 당신을 구할 수 있다면.)

짧은 노래였지만 노래 가사를 음미하며 듣던 키스카가 놀란 듯 눈을 크게 뜨며 건을 보았다. 건이 그런 키스카와 눈이 마주치자 이를 드러내고 웃었다.

키스카가 후다닥 옆에 놓인 스케치북을 보았다.

자기가 써 둔 말을 노래로 만들었다는 것이 무척 신기했던 지 스케치북과 건을 번갈아 보던 키스카의 머리를 쓰다듬은 건이 웃으며 말했다.

"함께 더 만들어 볼까?"

♪♪♩

그 시각, 공항에 내리자마자 체포된 범인처럼 조직원들에게 둘러싸여 차를 탄 병준이 레드 캐슬로 향하며 손수건으로 이마의 식은땀을 닦고 있었다.

'어, 어디로 데려가는 거야! 김 건, 이놈 자식, 또 무슨 사고를 친 거야?'

공항에서 피켓에 'Welcome Mr. Lee B.J'이라는 피켓을 든 남자는 케이가 보내서 왔다는 짧은 말만 남기고 무작정 차에 병준을 태워 설명도 없이 어디론가 차를 이동시켰다.

건이 보냈다는 말에 따라가다 정장을 입은 거대한 덩치들이 기다리고 있는 차 앞에서 쉽게 사람을 믿고 따라나선 것을 후회한 병준이었지만 그때 가서 거부하기에는 덩치들이 너무나 위압적이었다.

그저 식은땀을 흘리며 조용히 덩치들 사이에 몸이 끼어 움직이지도 못하고 레드 캐슬 입구에 도착한 병준은 기관총을 들고 돌아다니는 조직원들을 보며 속으로 신음을 삼켰다.

'컥…… 나 뭔가 함정에 빠진 건가? 건이가 이런 사람들과 연관이 있을 리가 없는데…….'

조직원들이 우르르 차에서 내리자 가운데 있던 병준이 긴장하며 다리를 덜덜 떨었다.

잠시 후 스킨 헤드에 문신을 새긴 남자가 차 문 안쪽으로 머리를 들이밀고 병준의 얼굴을 확인하였다. 병준이 그를 보고 경악으로 신음성이 터져 나오는 것을 간신히 참았다.

'머, 머, 머리에 문신이 있다! 히끅.'

미로슬라브가 병준의 얼굴을 보며 물었다.

"미스터 리, 케이의 매니저. 맞습니까?"

"히끅, 히끅! 예, 예! 마, 맞습니다! 히끅!"

"내리시죠."

차 문으로 보이던 뱀 문신 머리가 사라지자 병준이 황급히 엉덩이를 움직여 차에서 내렸다.

약 175㎝가량의 병준은 그래도 어디 가서 키가 작다는 소리는 안 듣지만 190에서 2m는 넘어 보이는 거구들이 자신을 내려다보자 마치 꼬마가 된 기분이 들었다. 거기다 기관총까지 어깨에 메고 무섭게 생긴 세퍼트의 목줄을 움켜쥔 채 병준의 얼굴을 기억해 두려는 듯 자세히 얼굴을 들여다보고 있는 조직원들은 아무리 봐도 익숙해지지 않았다.

그중 가장 무섭게 생긴 대머리 문신남이 입구 초소에서 인터폰을 한 후 다가오자 겨우 멈췄던 딸꾹질이 다시 나왔다.

"히끅, 히끅!"

미로슬라브가 병준을 내려다보며 물었다.

"어디 불편하십니까?"

"히끅! 아, 아닙니다!"

"음…… 그럼 가시죠."

"에, 예! 히끅!"

미로슬라브를 따라 골프 카트에 탄 병준이 그의 뒤통수를 보며 더 심한 딸꾹질을 해댔다.

미로슬라브는 그런 병준에게 신경이 쓰이지 않는지 그저 카트를 운전하다가 저택이 가까이 오자 고개를 갸웃했다.

"저놈들이 경계는 안 서고 저기 모여서 뭐하는 거야?"

병준이 미로슬라브의 고개가 돌려진 쪽으로 시선을 주자 열 명이 넘는 조직원들이 기관총을 뒤로 숨긴 채 모여서 무언가를 보고 있는 것이 보였다.

'뭐, 뭐야! 설마 누굴 죽여서 파묻기라도 하고 있는 거야? 여기 정원이 축구장보다 넓은 이유가 설마!'

미로슬라브가 골프 카트를 멈추고 시동을 끄자 작은 기타 소리가 들려왔다.

병준이 매니저 특유의 기질이 발동했는지 귀를 쫑긋하더니 노랫소리가 들려오자마자 안색이 확 밝아졌다.

'이 목소리는! 거, 건이다! 다, 다행이다! 함정이 아니었구나.'

아련한 기타 소리는 단순히 아르페지오나 기존의 주법을 통한 연주가 아니라 처음부터 끝까지 솔로 애드립으로 이루어진 듯 한음 한음이 연주되고 있었다. 마치 블루스 연주를 하는 듯했지만, 음악이 주는 느낌은 블루스보다는 팝에 가까웠다.

감미로운 건의 목소리가 들리자 미로슬라브가 카트 앞에 선 채 팔짱을 끼고 부하들을 보며 슬쩍 고개를 끄덕였다.

"케이의 노래를 듣는 거였군. 그럴 만하지. 나도 처음엔 저랬으니까. 그래도 이 자식들이 보스가 집에 계시는데 농땡이를 쳐?"

미로슬라브가 중얼거리는 소리가 들렸지만, 병준의 정신은 온통 건의 노랫소리에 쏠려 있었다. 아직 긴장감이 해소되지 않았음인지 이마의 식은땀을 닦은 병준이 경악한 눈으로 멀리 잔디밭에 앉은 건과 어린 소녀를 보았다.

'이, 이건 대박이다! 무조건 발표하게 해야 해!'

초겨울 늦은 오후. 이제 추운 감이 없지 않은 그 날의 레드캐슬, 시클라멘 향기가 가득한 붉은 정원에서 전설이 될 음악가의 첫 번째 음악이 만들어지고 있었다.

♪♪♩

별채 문이 닫히고 안으로 들어온 병준이 득달같이 건에게 달려들어 멱살을 쥐고 흔들었다.

"너 이 자식! 너 때문에 내 수명이 한 달은 줄었다! 미리 말을 했어야지, 이놈아!"

병준에게 멱살이 잡힐 줄 예상했던 듯 크게 웃음을 지은 건이 눈동자를 굴려 자신 옆에 선 키스카를 힐끗 보았다.

키스카는 병준이 건의 멱살을 잡자 움찔했지만 웃고 있는 건의 얼굴을 보고는 마음이 놓였는지 다시 무표정하게 건을 올려다보았다.

"하하하! 놀라는 모습이 보고 싶어서 장난 좀 쳤어요."

"뭐라고! 이 자식이! 아니, 아니! 여기 화장실이 어디냐!"

"예? 저쪽인데요. 급해요?"

"그게 아니고 이 자식아! 무서워서 조금 지린 것 같아! 팬티 좀 갈아입자!"

황급히 조직원이 문 앞에 놓고 간 캐리어를 열어 속옷을 꺼내는 걸 본 건이 코를 막으며 웃었다.

"에이! 다 큰 어른이! 키스카, 지지야 지지. 우리 멀리 떨어지자."

건이 키스카의 손을 잡고 물러나자 얼굴이 빨개진 병준이 한 손에 팬티를 들고 화장실로 뛰어들어 갔다.

"나와서 봐! 이놈의 자식!"

건이 크게 웃자 키스카가 커다란 눈망울로 병준이 사라진 화장실 문을 보았다. 잠시 고개를 갸웃한 키스카가 다시 건을 올려다보자 아직도 웃고 있는 건이 눈물을 찔끔거리고 있었다.

속으로 자신도 팬티에 오줌을 지리면 건이 '웃어줄까'라는 황당한 생각을 하고 있던 키스카를 소파에 올려준 건이 옆에 앉으며 스케치북을 꺼내고 씩 웃었다.

잠시 키스카와 눈을 마주친 건이 스케치북에 적힌 키스카의 문장 아래 한 문장을 적었다. 키스카는 의아한 눈으로 가만히 건의 행동을 지켜보고 있었다.

건이 몇 줄의 문장을 쓰더니 키스카에게 보여주었다.

I would be the sunlight in your universe.

(내가 당신 세상의 빛이 되어 드리겠어요.)

Sweetheart, if I could change the world.

(그대여, 내가 세상을 바꿀 수만 있다면 말이죠.)

가만히 건이 쓴 문장을 보던 키스카가 건이 쓴 문장 위에 자신이 쓴 문장이 영어로 표기되어 있는 것을 보았다. 무슨 뜻인지 몰랐던 키스카가 큰 눈으로 건을 보자 건이 웃으며 말했다.

"키스카가 써준 가사의 다음 문장을 만들어 봤어. 마음에 들어?"

키스카가 잠시 건과 눈을 마주치다가 다시 스케치북으로 시선을 돌렸다. 잠시 고민하는 표정을 짓던 키스카가 손을 내밀었다.

건이 키스카의 고사리 같은 손을 멀뚱히 바라보다 이내 웃으며 펜을 내밀었다.

"펜 달라는 뜻이구나? 왜, 마음에 안 들어?"

키스카가 아무 말 없이 다리를 펴고 앉아서 허벅지 위에 스케치북을 올리고는 건의 문장 밑에 한 줄을 더 추가했다.

And I Know there'll be no more tears in heaven.

(그리고 천국에는 더 이상 눈물이 없을 거란 걸 난 알아요.)

건이 키스카가 쓴 글을 보고 한껏 웃었다.

"와아! 열 살밖에 안 된 우리 키스카! 글 쓰는 솜씨 좀 봐! 나중에 세기의 문학가가 될 수 있을지도 모르겠다! 진짜 대단해! 또, 또 생각나는 거 없어?"

키스카가 잠시 고민하는 표정을 짓더니 멀리 벽에 걸려 있는 엄마의 사진에 시선을 두었다.

건이 흥분한 표정을 짓다가 키스카의 시선 끝에 엄마의 사진이 있는 것을 보고 조용히 기다렸다.

키스카는 한참 엄마의 사진에서 눈을 떼지 못하다가 다시 스케치북을 들어 문장을 쓰기 시작했다.

If I could be Your child even for a day.

(단 하루 동안만이라도 당신의 자식이 될 수 있다면.)

I'd take you as my queen.

(당신을 여왕으로 받아들일 수 있을 텐데.)

조용히 키스카가 쓰고 있는 문장을 보고 있던 건이 가슴 아픈 표정을 지었다.

'키스카의 마음…… 이것이 키스카의 마음이었구나.'

키스카가 문장을 쓴 후 조용히 스케치북을 내려다보고 있었다.

안쓰러워진 건이 다시 키스카의 등을 다독여주려는 찰나 화장실 문이 벌컥 열리며 얼굴이 붉게 달아오른 병준이 씩씩거리며 뛰어나왔다.

"너…… 너! 김 건!"

건이 슬금슬금 소파에서 엉덩이를 떼며 도망갈 준비를 하는 것을 본 병준이 득달같이 달려들었지만, 군을 제대한 지 얼마 되지 않아 날렵한 몸과 체력을 가진 건에게 순발력 싸움이 될 리 만무했다. 재빨리 피한 건 덕에 소파에 틀어박힌 병준이 씩씩거리며 도망 다니는 건을 잡으러 온 집 안을 뛰어다녔다.

건이 한껏 웃음을 지으며 집 안 곳곳을 들쑤시고 도망 다니는 것을 한참 쫓아다닌 병준은 10분도 못 견디고 체력을 소진하고는 소파에 털썩 주저앉았다.

"허억, 허억. 저놈의 자식, 허억. 군대 가서 도망치는 것만 배워왔나, 허억. 더럽게 빠르네. 허억."

"형, 키스카도 있으니까 영어로 말해요."

병준이 소파 옆에 앉아 스케치북에서 눈을 떼지 못하고 있는 키스카를 힐끗 보며 말했다.

"아까부터 물어보려고 했는데 말이야. 얘는 누구야?"

건이 아직 경계를 늦추지 않고 도망갈 자세를 취하며 빙긋 웃었다.

"그레고리의 딸. 키스카 미오치치. 올해 열 살의 꼬마 아가씨예요."

"야, 형 체력 다 썼다. 그만할 테니까 도망치지 말고 와서 앉아."

"형을 어떻게 믿고요? 그러다가 덮치려고."

"아! 진짜라고!"

건이 못 미더운지 천천히 소파에 다가와 소파 모서리 끝에 엉덩이를 걸치고는 언제든 뛰어나갈 수 있게 손을 무릎에 얹자 그 모습을 본 병준이 실소를 지었다.

"하여간, 참나. 그래 그레고리는 또 누구냐?"

건이 검지로 바닥을 가리키며 말했다.

"이 집 주인이 그레고리죠."

"헉! 뭐? 이 집 주인 딸이라고? 그럼 마, 마피……!"

건이 황급히 손가락을 입에 대자 마피아라는 말을 뱉기 전 가까스로 말을 멈춘 병준이 경악에 찬 눈으로 키스카를 내려다보았다.

"이, 이렇게 예쁜 인형같이 생긴 애가…… 지, 진짜 여기 보스의 딸이라고?"

건은 보스란 말이 걸렸지만, 한국에서와 달리 미국에서는 직장 상사에게 흔히 쓰는 말이기도 했고 키스카의 유모도 그레고리에게 같은 호칭을 썼기에 이내 고개를 끄덕였다.

"네, 맞아요."

"그, 그런데 얘는 왜 여기 있어?"

"저랑 친해요, 그렇지 키스카?"

건이 키스카에게 고개를 내밀고 동의를 구하듯 물었지만 키스카는 여전히 스케치북을 보고 있었다.

"그런데 얘는 이렇게 예쁜 애가 왜 이렇게 말수가 적어?"

건이 인상을 쓰며 고갯짓을 하고는 일어서 창가로 걸어갔다. 병준이 건의 신호를 보고는 여전히 스케치북을 내려다보고 있는 키스카를 힐끗 본 후 건에게 다가갔다.

건은 창가에 서서 팔짱을 끼고 나직하게 말했다.

"말을 못 해요."

병준이 놀란 표정으로 소파에 앉은 키스카를 획 돌아보고는 작게 속삭였다.

"왜? 선천적인 장애?"

"아뇨, 여섯 살 때 마피아들 전쟁에서 엄마를 잃었어요. 그 후로 말을 잃었고요."

"뭐? 그, 그런……."

"아이 앞에서는 조심해 주세요. 감정을 표현하는 것도 서툴지만 조금씩 해내고 있어요. 아직 말은 못 하지만 언젠가는 꼭 아이 목소리를 들을 수 있을 거예요. 전 그렇게 믿고 있어요."

"그, 그래 알았다……. 그, 그보다……."

"음? 왜요?"

병준의 손이 건의 뒷덜미를 천천히 잡았다.

"잡았다, 이 자식아."

건이 어색한 웃음을 흘리며 눈치를 보았다.

"아…… 아하하, 뭐에요! 안 한다면서요!"

병준이 히죽 웃으며 말했다.

"어, 날 속인 것에 대해서는 안 할게. 지금부터는 내일모레 서른인 내가 팬티에 오줌을 지리게 한 벌이다, 이 자식아! 받아라! 수많은 시간 동안 종합 격투기 사이트를 보며 단련한 코브라 트위스트다!"

건의 다리 사이에 재빨리 다리를 껴 넣은 병준이 건의 어깨 동무를 하며 몸을 꺾자 건이 비명을 질렀다.

"크아아악! 아파, 아파요. 형, 항복, 항복!"

키는 건보다 훨씬 작아도 건강미 넘치는 까만 피부에 90kg에 가까운 건장한 몸을 가진 병준에게 힘으로 이길 수 없던 건이 항복을 외쳤지만, 병준은 히죽 웃음을 지으며 몸을 더 꺾었다.

"지금부터는 미국에 오느라 새로 산 내 팬티의 복수다. 한 장에 118위안(약 2만 원)이나 하는 나의 드로즈 팬티의 복수!"

"끄아악! 아파요, 진짜! 진짜!"

한참 동안 건의 몸을 꺾은 병준이 건을 내동댕이치며 승리자의 웃음을 짓자 바닥에 쓰러져 목과 허리를 만지던 건이 눈을 흘겼다.

"아, 진짜 아팠다니까요."

"크하하, 다음에 또 장난치면 그 땐 다스 초크나 트라이앵글 초크를 보여주겠노라."

"아씨, 그건 또 뭔데요?"

"지금 보여줘?"

"아! 아니요, 아니요! 됐어요!"

다급하게 양손을 휘저으며 물러서는 건을 보며 웃음 짓던 병준이 손을 내밀어 건을 일으켜 세우고는 등을 툭툭 쳤다.

"너 아까 부르던 노래 말이다."

건이 아직 허리가 아픈지 인상을 찌푸리며 물었다.

"으흑, 예, 노래가 왜요?"

"아까 너 하는 노래 들었는데, 네가 만든 거 맞지?"

"예, 그거 오늘 만든 거예요."

"헉, 오늘?"

"네, 아까 정원에서. 아흑, 허리 진짜 아프잖아요!"

"아니, 가만있어 봐. 그 곡을 오늘 만들었다고? 그럼 아직 편곡이나 뭐 다듬는 작업이나 그런 거 하나도 안 한 거냐?"

"그럴 시간이 있었나요, 뭐."

"헐…… 이 자식, 고딩 때는 이 정도는 아니었는데 완전 괴물이 되었네."

건이 손으로 머리를 잡고 목을 꺾자 우드득 소리가 났다. 아픈지 인상을 잔뜩 찌푸린 건이 병준을 째려보며 말했다.

"근데 그 노래가 왜요?"

병준이 잠시 생각에 잠겨 있다가 말했다.

"너 그 노래 완성했냐?"

건이 눈을 동그랗게 뜨고 물었다.

"아뇨? 오늘 만든 노래가 벌써 완성될 리가 있어요?"

"음…… 너 그 노래 완성되면 디지털 싱글로 발표 안 할래?"

건이 잠시 말문이 막혔는지 입을 삐끔거리다 물었다.

"아까 부른 노래요? 그거 키스카가 스케치북에 써둔 거로 반 즉흥적으로 만든 건데요?"

병준이 팔짱을 끼며 진중한 표정을 지었다.

"너 군대에 가 있을 때 이 형이 발굴한 가수가 셋이다. 그 셋 모두 바이두 차트 3위 안에 들었어. 그중 하나는 1위도 4주나 했다. 지금 팡타지오에서 실장으로 진급한 이유가 있다 이거야. 그런데 그런 내 귀가 신호를 줬어. 이 노래는 반드시 뜬다고 말이야."

건이 병준의 진중한 말에 덩달아 심각한 표정을 지으며 생각에 잠겼다. 한참 고민하던 건의 눈에 소파에 앉아 있는 키스카가 들어왔다.

잠시 키스카의 뒷모습을 보던 건이 병준에게 말했다.

"가사는 키스카가 쓰게 하고 싶어요."

"그건 네가 알아서 해. 내가 필요한 건 네 노래지, 작사가가 아니야."

"키스카의 이야기를 해야 의미가 있는 곡이에요."

병준이 약간 놀라는 표정을 지으며 키스카를 보다가 소녀의 사정을 생각해 본 후 고개를 끄덕였다.

"좋아, 나머지 일은 린 이사님과 내가 알아서 하지. 노래 완성 전에 연습하는 거라도 녹음해서 린 이사님께 보내보자. 전략 지시를 주시겠지, 전략은 린 이사님이 최고니까."

창가에 선 병준과 건이 이야기를 나누고 있는 동안 혼자 우두커니 소파에 앉아 있던 키스카의 손이 움직였다. 잠시 무언가를 쓰던 키스카가 스케치북을 옆으로 치우고는 다시 무표정한 표정으로 건과 병준을 보았다.

소파에 남겨진 스케치북에는 키스카가 쓴 문장 아래 새로운 문장이 쓰여 있었다.

If I could be Your child even for a day.

(단 하루 동안만이라도 당신의 자식이 될 수 있다면.)

I'd take you as my queen.

(당신을 여왕으로 받아들일 수 있을 텐데.)

But for now I find.

(그러나 이제야 알았어요.)

It's only in my dreams.

(그것은 단지 나의 환상이라는 것을.)

♪♪♩

모두가 잠든 밤.

다른 방에서 자고 있는 병준의 코골이 소리가 작게 들려왔지만 조용한 늦은 밤에 혼자 잠을 이루지 못한 건이 냉장고를 열어 차가운 물을 마셨다.

갑자기 차가운 물을 마시니 목 뒤가 아파 온 건이 물병을 손에 든 채 한 손으로 목 뒤를 잡으며 몸을 부르르 떨었다. 잠시 고통을 삭인 건이 인상을 찌푸리고는 냉장고를 닫았다.

불도 켜지 않았지만 24시간 경계를 하는 그레고리의 집은 정원에 비친 조명이 창가로 스며들어 충분히 시야가 확보되었다. 물병을 들고 소파로 다가와 앉은 건이 소파 위에 아무렇게나 놓인 스케치북을 물끄러미 보았다.

'그러나 이제야 알았어요, 그것은 단지 나의 환상이라는 것을…… 어린 키스카는 계속 엄마가 돌아올 거라고 생각했었나 보구나. 하지만 이제는 알았다는 뜻인가…… 엄마는 돌아오지 않는다는 걸…….'

건이 우두커니 앉아 스케치북을 내려다보았다.

"Bridge 부분의 가사는 이 정도면 됐다. 하지만 Verse 가사가 부족해. 여덟 줄로는 키스카의 마음을 다 표현했다고 볼 수 없어. 키스카가 좀 더 문장을 써줬으면 좋았을 텐데."

잠시 고민하던 건이 손바닥으로 양 볼을 짝짝 쳤다.

'급하게 몰아붙여서 나온 가사는 진실 되지 못해. 키스카가 뭔가를 쓸 때까지 기다리자. 난 내가 할 수 있는 일을 하면 돼. 키스카가 가사를 쓰고 나면 바로 노래로 만들 수 있도

록. 기타의 Interlude를 먼저 만들어 두자. 베이스나 기타 악보는 그 후다.'

밤이 깊도록 화이트 팔콘을 연결한 앰프에 헤드폰을 꽂은 건이 기타로 Interlude를 만드는 것에 집중했다.

'지금까지의 다른 곡들과는 달라. 이 곡은 리프가 없는 것이 어울려. 처음부터 끝까지 Interlude라는 생각으로 만들자. 그리고 진짜 솔로 부분에서 감정을 더 폭발시키면 돼.'

밤이 깊어지고 창밖에 어슴푸레하게 새벽녘이 밝아 올 때가 되어서야 소파에 누워 기타를 잡은 채 겨우 잠이 든 건이었다.

다음 날 아침.

팬티 바람으로 하품을 하며 방을 나선 병준이 까치집이 된 머리를 긁적이며 소파에 누워 자고 있는 건을 번쩍 들어 침대로 옮길 때도 오랜 시간 집중한 건은 깨어나지 않았다.

아침 일찍 중국에 있는 린에게 전화를 건 병준이 건이 깨지 않게 집 문을 나서 정원에 나와 낮은 목소리로 말했다.

"린 이사님. 이병준 실장입니다."

"그래요, 실장님. 미국에 잘 도착하셨나요?"

"하하, 어제는 정말 깜짝 놀랐습니다. 이사님은 알고 계셨지요?"

"뭘 말인가요?"

"모르시고 계셨습니까? 지금 건이가 레드 마피아 보스의 집에 있다는 것이요."

"예? 이게 무슨 말인가요? 레드 마피아라니요? 러시아 마피아를 뜻하는 것인가요?"

"아…… 진짜 모르고 계셨군요. 지금 건이 레드 마피아 보스 그레고리 미오치치의 집에 묵고 있습니다. 덕분에 어제 저도 여기서 잤어요. 당분간 여기서 지낼 모양입니다."

"전혀 들은 바 없습니다. 위험한 상황인가요?"

"하하, 전혀 아닙니다. 오히려 웬만한 사설 경호 업체는 명함도 못 내밀 만큼 안전하게 지내고 있습니다."

"그렇다면 다행입니다만, 좀 걱정이 되네요. 앞으로 매일 연락해서 보고하도록 하세요."

"알겠습니다, 이사님. 전화 드린 이유는 다름이 아니라, 건이 이 집에서 만든 곡이 심상치 않아서입니다."

"심상치 않다? 히트할 조짐이 보인다는 것인가요? 실장님 귀라면 충분히 믿을 만하지요."

"하하, 인정해 주셔서 감사합니다. 아무튼, 괜찮은 정도가 아니라 플래티넘 조짐이 보이는 수준입니다."

"그래요? 건 씨의 음악이라면 대충 만들어도 인기는 많겠지만…… 데모가 있나요?"

"아직 없습니다. 실은 어제 만든 곡이라고 하더군요."

"음…… 그렇군요, 그럼 데모가 완성되면 보내주세요."

"네, 알겠습니다, 이사님."

전화를 끊은 병준이 크게 하품을 했다. 시차 차이로 중국에 아침 일찍 전화해야 했던 병준은 긴 비행시간에 긴장감으로 오줌을 지린 일까지 겹쳐 무척 피곤했다.

'아하암……. 한숨 더 자야겠다. 어…… 어?"

팬티 바람으로 문밖에 나와 있던 병준이 멀리서 달려오는 키스카를 보고 고개를 갸웃하고는 문 안쪽으로 고개를 넣어 벽시계를 보았다. 오전 9시를 가리키고 있는 시계를 본 병준이 다시 달려오고 있는 키스카를 보았다.

"뭔데 아침 일찍부터 뛰어오냐, 저렇게 예쁘게 차려입고?"

오늘은 옅은 핑크색 원피스에 하얀 구두를 신고 밀짚모자까지 쓴 키스카가 모자가 바람에 날려가지 않도록 부여잡으며 열심히 뛰어오고 있었다.

병준은 멍하게 키스카를 보다가 자신이 팬티 바람인 것을 상기하고는 화들짝 놀라 방으로 뛰어들어 갔다. 아무리 어린 아이라고 하더라도 일단 여자였고 자신은 이 집의 손님이었기 때문이다.

병준이 열어둔 문을 쏜살같이 지나 거실을 둘러본 키스카가 상기된 얼굴로 병준의 방문을 활짝 열었다. 급히 바지에 한쪽 발을 넣고 있던 병준이 놀라 쓰러졌다.

쿠당탕!

"어이쿠 내 도가니!"

키스카가 무표정한 얼굴로 바닥을 굴러다니는 병준을 보다가 다시 옆 방으로 달려가 문을 활짝 열었다.

침대에서 잠든 건을 본 키스카가 안심한 표정을 짓더니 깡총깡총 뛰어가 소파 위에 앉아 스케치북에 그림을 그리기 시작했다.

바지에 발이 끼어 버둥거리던 병준은 결국 입으려던 바지를 찢어먹고 새 바지를 꺼내 입으며 밖으로 나와 키스카를 보며 황당한 눈빛을 했다.

'아, 원래 내 방을 건이 썼다고 했지? 건이 방인 줄 알고 열었구나? 그런데 왜 건이 자는 걸 확인하고 혼자 저렇게 놀고 있지? 보통 저 나이 때 애들은 놀러 와서 친구가 자면 깨우지 않나?'

병준은 키스카가 단지 건이 아직 별채에 있음을 매일 아침 확인한다는 것을 모르고 고개만 갸웃거렸다.

부엌으로 간 병준이 한국에서 건을 위해 구입해 온 매운 한국 라면을 끓이려고 물을 올리려다 고개를 빼고 물었다.

"저…… 저기. 키스카라고 했지? 혹시 아침 먹을래?"

키스카는 무표정하게 하던 일을 하다가 아침이라는 말에 고개를 들었다. 잠시 고민하는 눈빛을 하던 키스카가 건이 아침을 꼭 먹었으면 좋겠다고 한 말을 기억하고는 소파에서 뛰어 내려 병준의 옆으로 다가왔다.

조그만 키스카가 자신의 옆으로 오자 귀여워 죽겠다는 표정을 한 병준이 라면 스프를 흔들며 웃었다.

“이게 라면이라는 건데, 어어엄처어엉! 맵거든? 넌 못 먹을지도 모르니 스프는 반만 넣어줄게. 어때?”

키스카가 생소하게 생긴 라면 봉지 안에 있는 뽀글뽀글한 라면을 가만히 들여다보았다. 병준은 그런 키스카를 내려다보며 봉지에서 생면을 꺼내 흔들었다.

“이거 건이, 아니, 케이도 엄청 좋아하는 거야.”

키스카가 건의 이름에 반응을 했다.

병준이 무표정으로 일관하던 키스카의 표정에 파문이 이는 것을 보고는 고개를 갸웃하다가 다시 말했다.

“케이.”

키스카의 표정이 움찔했다.

병준이 씩 웃으며 생면을 들고 이상한 춤을 추기 시작했다.

“케이가 좋아하는 라면, 케이가 제일 좋아하는 라면! 한번 먹으면 멈출 수 없는 라면!”

병준은 케이라는 이름을 이야기할 때마다 표정을 움찔거리는 키스카가 너무 귀여워 깨물어주고 싶었지만 저래 봬도 무려 레드 마피아 보스의 딸이란 것을 상기하고는 헛기침을 하며 말했다.

"어흠, 내가 추태를…… 하여튼 이거 먹는 거다? 두 개 끓일 거니까 딴소리하기 없기다."

키스카는 답을 하지 않고 여전히 무표정한 얼굴이었지만 라면의 물이 끓고 스프를 넣은 후 면을 넣고 계란까지 풀어 넣고 있는 병준의 옆에 계속 서 있었다.

잠시 후 라면이 익자 포크로 라면 한줄기를 꺼내 후후 불어 먹어 본 병준이 웃음을 지으며 키스카를 내려다보았다.

"다 됐다! 먹자!"

오븐 글러브를 끼고 냄비를 들어 올린 병준이 식탁에 냄비를 내려놓고 앉았다. 자신 곁으로 다가왔지만, 멀뚱히 서서 냄비를 내려다보고 있는 키스카를 맞은 편에 앉혀준 병준이 포크를 손에 쥐여주며 히죽 웃었다.

"먹어봐. 맛있어."

키스카가 익숙하지 않은지 냄비 속 라면을 포크로 휘휘 저어보더니 스파게티처럼 면을 돌돌 말아 입에 넣으려고 하자 병준이 다급히 소리를 질렀다.

"안 돼! 겁나 뜨겁단 말이야, 이렇게 후후 불어서 먹어."

병준이 시범을 보여주자 작고 앙증맞은 입을 오므리고 면발을 후후 불어 식힌 키스카가 면발을 입에 넣고 오물오물 씹었다.

싱글싱글 웃으며 그 모습을 보고 있던 병준과 눈을 맞추던 키스카가 갑자기 눈을 크게 뜨고 냄비를 바라보았다.

곧 얼굴이 빨갛게 달아오르고 코에 땀이 송골송골 맺히는 키스카의 얼굴을 보던 병준이 배를 잡고 웃었다.

“크하하하! 이거 맵다고 했잖아. 자 여기 물 마셔.”

키스카가 병준이 내민 물컵을 두 손으로 다급히 잡아 벌컥벌컥 마셨다. 조그만 몸에 어디로 물이 다 들어가는지 물잔을 가득 채운 물을 한 번에 다 마신 키스카가 살 것 같다는 표정을 짓더니 소리가 탁 나게 포크를 식탁에 내렸다.

병준이 그런 키스카를 보고는 미안한 얼굴로 말했다.

“놀린 거 아니야. 이거 처음에만 매워. 계속 먹으면 하나도 안 맵다? 아저씨 먹는 거 봐.”

후르륵. 후르륵, 찹찹.

먹는 것 하나는 복스럽게 먹는다고 칭찬이 자자한 병준의 먹방이 시작되었지만 키스카는 무표정한 얼굴로 그저 멀뚱히 병준이 먹는 것을 바라만 보고 있었다.

고소한 라면 냄새 때문인지 병준의 목소리 때문인지 알 수 없지만, 방문이 열리며 잠에서 깬 건이 하품을 하며 눈을 비비고 나왔다.

“어, 형. 이거 라면 냄새 아니에요?”

병준이 포크로 면발을 들고 식히며 히죽 웃었다.

"맞아, 그것도 한국 라면. 너 주려고 사 왔지. 흐흐."

건이 눈을 비비며 다가와 식탁 의자에 앉아서 자신을 바라보고 있는 키스카의 머리를 쓰다듬어 주었다.

"우리 키스카 왔구나, 잘 잤어? 아침 먹고 있었구나, 잘했다."

건이 병준이 내민 포크를 보더니 고개를 저으며 다시 일어났다.

"젓가락 있어요, 형."

주방의 서랍에서 젓가락 두 쌍을 꺼낸 건이 병준에게 젓가락을 주고는 자신도 라면을 먹기 시작했다.

금방 땀을 흘리며 맛있게 라면을 먹고 있는 건을 멀뚱한 표정으로 보고 있던 키스카가 손가락을 꼼지락거리더니 다시 포크를 잡고 라면 면발을 들었다.

그 모습을 본 병준이 갸우뚱했지만 키스카가 하는 것을 가만히 관찰했다.

건을 힐끗거리며 조금씩 라면을 먹고 있는 키스카를 본 병준이 건과 키스카를 번갈아 보았다.

'서, 설마…… 아니겠지? 너무 어리잖아? 참나, 내가 무슨 생각을 하는 거야?'

자기 머리를 툭 치며 다시 식사에 열중하는 병준이었다.

아침부터 고소하고 매콤한 라면 냄새가 가득한 별채에는 초겨울 추운 아침에 어울리지 않게 따뜻한 기운이 가득했다.

두 명의 남자와 함께 라면을 먹고 있는 키스카의 작은 가슴에도 따뜻하고 행복한 미풍이 불었다.

♪♪♩

그 후로 며칠이 지났지만 키스카는 스케치북에 어떤 글도 남기지 않았다. 단지 낙서 같은 그림과 건의 모습으로 보이는 삐뚤삐뚤한 그림만 계속 그리고 있는 키스카를 지켜보던 건이 한숨을 지었다.

'으음…… 키스카가 매일 집에만 갇혀 지내다시피 해서 그런 것일까? 뭔가 기분 전환 거리를 줘보면 어떨까?'

그 길로 그레고리를 찾아간 건이 언제나처럼 서재에 앉아 시가의 연기를 뿜어대고 있는 그레고리와 마주했다.

그레고리는 건에게서 의외의 말을 들었는지 손에 시가를 들고 눈을 동그랗게 떴다.

"동물원? 키스카와 동물원에 가겠다고?"

"네, 그레고리. 키스카가 너무 갇혀 있잖아요. 아무리 안전이 중요하다고 해도 저 나이 여자아이가 집에만 있으면 감정 회복에 도움이 될 리 없어요."

잠시 고민하던 그레고리가 키스카를 위함이라는 생각에 동의했는지 고개를 끄덕이며 물었다.

"어느 동물원인가?"

"브롱스 동물원이에요. 뉴욕 웨스트 팜스 스퀘어 역에 있는 거요."

"아, 거기. 알고 있지. 음…… 그럼 미리 전화해 둘 테니 폐장한 후에 가는 건 어떤가?"

"폐장한 후에 어떻게 들어가요, 그레고리?"

"하하, 내가 누군지 잊었나? 내가 못 하는 일은 없네. 미리 전화해 둘 테니 폐장시간 후에 가게."

"아…… 그렇죠, 참. 알겠습니다."

"최소한의 경호 인력은 데려가야 하네."

"당연하죠."

♪♪♩

오후 다섯 시가 넘은 시간. 꽃단장을 한 키스카의 손을 잡고 본채의 문 앞 분수대에 주차된 차를 보고 있던 건이 식은 땀을 흘렸다.

'무, 무슨…… 최소한의 경비 인력이냐 이게!'

건의 시야에 차 앞에서 탈 준비를 하고 있는 이백 명이 넘는 조직원들이 보였고 어림잡아 50대가 넘는 검은 차량이 정원에 줄지어 서 있었다.

그나마 외출 시 주위의 시선을 신경 써서인지 기관총이 아닌 권총을 품 안에 숨기고 있는 것이 다행이라면 다행이었다.

'이 많은 차가 정원에 다 들어왔는데도 텅텅 비어 보이다니! 도대체 이 집은 몇 평이야?'

무표정한 키스카의 손을 잡은 건이 벤틀리 GT에 몸을 싣자 곧 차량이 출발했다. 건과 키스카가 탄 차에는 운전석과 조수석에만 마피아 조직원이 무장한 채 탔지만 다른 차에는 꽉 들어찬 덩치들이 큰 차가 터질 듯이 끼어 앉아 이동했다.

금방 브롱스 동물원에 도착한 건이었지만 경호를 하는 조직원들이 내려 사주 경계를 완료할 때까지 차에서 내리지 못했다.

한참 만에 신호를 받고 차에서 내린 건이 한숨을 쉬었다.

'이게 무슨 나들이야, 휴.'

2m 간격으로 동물원을 포위한 조직원들을 본 건이 다시 한 번 한숨을 내쉬고는 키스카의 손을 잡고 동물원 언덕길을 올랐다.

동물원 안에서만이라도 멀리 떨어져 경호를 하는 조직원들 덕에 키스카와 둘이 오붓한 시간을 보내던 건이 리키와 파이, 시화를 차례로 소개해 주었다.

언제와도 반갑게 맞아주는 세 동물을 본 키스카는 눈을 동그랗게 뜨고 동물들을 보는데 정신이 없었다.

건은 웃으며 여러 동물을 소개해 주었지만 키스카가 동물원에 처음 와 본다는 것은 눈치채지 못했다.

어깨에 기타를 맨 건이 멀리 보이는 새들의 우리를 보고는 키스카의 손을 잡고 새장으로 가는 언덕길을 올랐다. 커다란 새장에 몇십 마리의 새들이 힘차게 날갯짓을 하며 날아오르고 있는 것을 본 키스카가 눈을 동그랗게 뜨고 고개를 쳐들자 건이 웃으며 스케치북을 내밀었다.

"그림. 그려볼래? 오빠는 옆에서 새들에게 노래를 불러줘야 하거든."

고개를 돌려 건이 내민 스케치북에 잠시 시선을 고정하던 키스카가 다시 새장을 보더니 스케치북을 받아 들고 근처 벤치에 기어 올라가 다리를 펴고 앉았다.

기타 가방에서 챙겨온 크레파스를 꺼내 준 건이 오랜만에 새들에게 연주를 들려주면서도 키스카가 그리고 있는 스케치북에 신경을 집중했다.

키스카는 검은 크레파스로 몇 마리의 새를 그리고는 갖가지 화려한 색으로 새들의 색을 칠했다. 삐뚤거리는 그림이었지만 진지한 눈으로 새들을 보다가 다시 그림을 그리는 키스카는 마치 이름난 화가를 보는 듯했다.

귀여운 키스카의 모습을 보며 웃음 짓던 건이 멀리 뉘엿뉘엿 넘어가고 있는 해를 보며 생각했다.

'키스카가 아무 말 하지 않아도 좋아. 난 아이를 이용하려는

것이 아니라 아이의 말을 세상에 전하고 싶은 거니까. 마음 급하게 먹지 말자.'

눈을 감은 건이 키스카와 만든 노래를 시작했다.

키스카는 아름다운 건의 목소리가 나오기 시작하자 그림을 그리다 말고 우두커니 건을 보고 있었다.

건은 잠시 키스카와 함께 있다는 것도 잊고 노래에 빠져들었다. 집중하고 있지만 자그맣게 미소를 짓고 노래를 하는 건의 옆 모습을 뚫어지게 보던 키스카가 문득 핑크색 크레파스를 들고 스케치북에 무언가를 쓰기 시작했다.

새하얀 스케치북에는 새들의 그림이 그려져 있고, 오른쪽 위에 핑크색의 글씨로 문장이 쓰여졌다.

But I'm different.

Everything is different. Me and you, and now the person next to me.

I will not miss you anymore.

Because now everything is precious.

한참 동안 노래에 빠져 감미로운 보컬을 내뱉던 건이 미완성된 곡의 여운을 느끼며 연주를 마쳤다. 조용히 감은 눈을 뜬 건의 눈에 새장 앞에 양손을 들고 하늘을 바라보고 있는 키스카의 뒷모습이 들어왔다.

새들이 키스카가 다가와 손을 번쩍 들자 놀라 날아올랐지만, 건의 눈에는 키스카의 손짓에 새들이 춤을 추는 것 같이 보였다.

키스카의 양손에 스케치북이 없다는 것을 눈치챈 건이 고개를 돌려 벤치 위를 보고는 환한 웃음을 지었다.

'하지만 나는 달라졌어요, 모든 것이 달라졌죠. 나 그리고 당신, 그리고 지금 내 옆에 있는 사람도…… 이제 더는 당신을 그리워하지 않을 거예요. 지금의 모든 것이 소중해졌으니까요. 키스카! 하하.'

기쁜 표정으로 키스카의 뒷모습을 보던 건의 눈이 깊게 가라앉았다.

'노래가 완성됐다.'

그 날 밤이 늦도록 동물원을 구경한 키스카는 집에 돌아가는 발걸음이 무척 가벼워 보였다.

오랜만에 들이마셔 본 바깥 공기가 기분 좋았는지 깡총깡총 뛰어다니는 키스카였지만 여전히 표정은 없는 것이 조금 아쉬웠다.

또다시 동물원에 오고 싶냐는 건의 질문에 이례적으로 손가락을 꼬물거리며 의사 표시를 하는 것을 본 건의 표정이 환하게 밝아졌다.

집에 돌아온 건이 키스카를 방으로 데려다준 후 별채로 오자 소파에 팬티 바람으로 누워 배를 긁고 있던 병준이 누운 채 한 손을 들어 올렸다.

"여어, 아청법 위반자! 데이트는 잘 즐기고 왔나?"

건이 기타를 내려놓고 소파에 털썩 주저앉으며 눈을 흘겼다.

"바지 좀 입고 있어요, 형. 그리고 아청법은 무슨, 키스카한테 그런 더러운 말 하지 마요."

병준이 엉덩이에 손을 넣고 북적북적 긁으며 히죽 웃었다.

"그래? 갔던 일은 잘됐고?"

건이 그런 병준을 인상을 찌푸리며 보다가 고개를 끄덕였다.

병준은 건의 고개가 끄덕여지자 벌떡 일어나며 건의 어깨를 쥐고 흔들었다.

"진짜냐? 완성됐다고?"

건은 자신의 어깨를 잡은 병준의 손을 인상 쓴 채 노려보며 말했다.

"아 좀! 엉덩이 만진 손으로 어딜 잡아요! 놔요!"

병준은 그런 건의 반응에 아랑곳하지 않고 소리쳤다.

"말해 봐! 진짜 완성했어?"

건이 어깨를 툭툭 털며 일어났다.

"에이, 샤워할래요. 완성 직전이니까 린 이사님에게 말해주세요."

"오! 하하, 알았다! 연락해 둘게! 가만, 건아! 건아! 잠깐만!"

샤워실로 들어가려던 건이 뒤를 돌아보자 병준이 물었다.

"너 녹음할 때 기타만 쓸 거 아니지? 악기 몇 개나 나와?"

건이 선 채로 잠시 생각을 정리한 후 말했다.

"트리플 기타에 베이스, 드럼이니까 총 다섯이요."

병준이 소파 등받이를 잡으며 몸을 일으켜 세웠다.

"그럼 너 빼고 세션맨 네 명 준비하면 되는 거지? 기타 둘에 베이스, 드럼."

건이 어깨가 찝찝한지 인상을 찌푸리며 샤워실로 들어가며 말했다.

"준비 안 하셔도 돼요. 제가 혼자 하면 되니까."

병준이 이미 샤워실 안으로 사라진 건에게 소리쳤다.

"뭐? 그 악기 전부 다 혼자 녹음할 거야? 야! 대답하고 가!"

병준이 얼빠진 표정을 짓다가 황급히 핸드폰을 들어 전화를 걸었다.

"아! 린 이사님! 죄송합니다. 아직 아침이죠?"

"괜찮아요, 이미 출근했어요, 실장님. 무슨 일 있나요?"

"아, 그게! 건이 노래를 완성했답니다!"

"호오, 그거 좋은 소식이군요. 녹음 준비를 해야겠네요. 곧 뉴욕 근처 스튜디오를 잡겠습니다. 스튜디오 스케줄이 잡히면 연락할게요. 세션맨은 몇이나 준비하면 될까요?"

"아…… 그게 방금 건이랑 대화를 했는데 세션맨 없이 혼자 모두 녹음하겠답니다."

"음…… 그래요? 건 씨는 한국에서부터 베이스와 드럼을 배워뒀으니 가능은 하겠네요……."

병준이 이마를 쳤다.

건이 한국에서 유수의 스승들에게 여러 분야의 악기를 배웠다는 것을 잊어버리고 있었기 때문이다.

"아, 그렇군요, 제가 잊어버리고 있었네요."

"녹음된 음악의 퀄리티가 떨어진다면 문제가 되겠습니다만, 건 씨의 성격상 그럴 리는 없을 겁니다. 그럼 전 스튜디오 스케줄을 확인해 볼게요."

"네, 제가 해야 하는 일인데 죄송합니다, 중국에 계신데."

"아니에요. 위험한 곳이니 실장님은 건 씨의 안전에만 신경 써 주세요."

"네, 이사님."

"또 다른 보고할 거리는 없나요?"

"아…… 저 그게 건이 음악의 가사를 다른 사람이 썼습니다."

"음? 그래요? 어떤 사람인가요?"

"그, 그게 이 집 꼬마가 스케치북에 쓴 글이에요."

"그 농담은 재미없네요. 그래도 가끔은 재미있는 농담도 하는 것 같으니 용기는 잃지 마세요. 그럼 끊겠습니다."

"저기, 이사님! 이사님!"

뚝.

이미 끊겨 버린 전화기의 액정을 바라본 병준이 머리를 긁적이며 건이 두고 간 기타 가방에 삐죽하게 튀어나와 있는 스케치북을 보았다.

"진짠데……."

♪♪♩

중국 꽝타지오 스퀘어 12층 이사실. 전화를 끊은 린이 수화기를 놓지 않고 인터폰으로 바꾼 후 비서에게 말했다.

"나예요. 뉴욕 직원에게 스튜디오 하나 예약하라고 전달해주세요. 규모는 A급 뮤지션 녹음이 가능한 곳으로요. 3일 정도만 빌리면 될 겁니다. 그럼 부탁해요."

전화를 끊은 린이 만년필을 들어 테이블을 톡톡 두들기며 생각에 빠졌다.

'혼자 녹음을 하겠다…….'

마케팅에 있어 타의 추종을 불허하는 린의 두뇌가 빠르게 회전하기 시작했다.

멍하게 초점을 잃은 그녀의 눈동자가 쉴 새 없이 움직였다.

'혼자 모든 악기를 연주한다는 건 라이브 때는 불가능하지…… 그렇다면…….'

린이 벌떡 일어나 다시 인터폰을 들었다.

"나예요. 뮤직비디오 감독 섭외하세요. 스텝들까지 40명 이하로 꾸려서 최대한 빨리 뉴욕으로 갑니다. 저도 같이 갈 테니 빠르게 준비해 주세요."

◈ 3장 ◈
If I could change the world

프랑스 파리 샤를리 브리옹(Charlie Brion) 신문사.

커다란 도너츠 박스를 든 프랑수아가 동그란 도너츠를 입에 물고 사무실을 돌아다니며 동료 직원들에게 도너츠를 나눠주고 있었다.

"자, 하나씩 가져가세요. 뱅썽 부장님이 사시는 겁니다."

동료들에게 웃으며 도너츠를 넘겨주던 프랑수아가 대머리에 뿔테 안경을 쓰고 노트북을 뚫어지게 보고 있는 브뤼노에게도 도너츠 하나를 내밀며 말했다.

"먹고 해, 브뤼노. 뭘 그렇게 봐? 요새 별 뉴스도 없는데. 네팔 사건도 이제 다 마무리돼서 뉴스도 없잖아."

브뤼노가 턱을 괸 채 F5를 반복해서 누르며 말했다.

"뉴스 없는 게 좋으냐? 우리 기자야, 뉴스 없으면 굶어 죽는다고 인마."

프랑수아가 손에 잡고 있는 도너츠를 흔들며 유혹했지만, 여전히 노트북만 보고 있는 브뤼노를 보다가 그의 자리 옆에 놓인 티슈를 한 장 꺼내 바닥에 깔아 둔 후 도너츠를 올려놓았다.

"그럼 이따 먹어. 많이 사서 남는단 말이야. 올리비에 너도 먹어야지?"

긴 머리를 스프링 머리띠로 뒤로 넘긴 올리비에가 들고 있던 테이크아웃 커피잔을 들어 보이며 말했다.

"커피에는 도너츠지. 하나 줘, 플레인 남았어?"

프랑수아가 도너츠 박스를 뒤져본 후 히죽 웃으며 플레인 도너츠 하나를 꺼냈다.

"하나 남았네. 자."

프랑수아에게 도너츠를 받아 든 올리베이가 바로 입에 도너츠를 물고 자리에 앉으며 옆자리의 브뤼노에게 말했다.

"아직 뉴스 없지? 석간, 곧 마감인데 어쩔까?"

브뤼노가 눈만 살짝 돌려 책상 위에 놓인 시계를 본 후 말했다.

"아직 마감 30분 전이니까 좀 더 찾아볼게. 넌 다 썼냐?"

올리비에가 한 손에 베어 문 자국이 있는 도너츠를 잡고 열심히 턱을 움직이며 말했다.

"난 다 썼지. 이번 달에 나 사회부잖아. 사회부는 크고 작은 뉴스가 끊이지 않는다고. 그런데 연예부가 더 편하지 않아? 뉴스 터지는 거 없으면 연예인 SNS 뒤져서 사생활 사진이라도 올리지그래?"

브뤼노가 손을 휘휘 저으며 말했다.

"그게 기사가 필요하냐? 그냥 사진 올리고 뭘 하고 있는 누구라고만 쓰면 되는 거잖아. 마감 시간 전까지는 찾아보고 아니면 그거라도 올릴 거지만 그런 제목은 1분이면 써."

올리비에가 손으로 턱을 받치며 화면보호기 상태가 된 노트북의 터치패드를 클릭하며 말했다.

"케이 쪽 소식은 없어? 그게 제일 먹힐 텐데. 한 달 정도 잠잠하네? 요새 뭐한대?"

"몰라, 그게 좀 이상하긴 해."

"뭐가?"

"뭔가가 케이에게 접근하는 걸 막고 있는 느낌이랄까? 이상하지 않아? 케이 정도 인지도면 파파라치라도 올라와야 정상이잖아? 네팔에는 없어, 이미 한국이나 미국으로 뜬 것 같은데 단 한 줄의 기사나 사진도 없는 게 좀 이상하지 않아?"

"음…… 그건 그러네. 근데 뭐 연예인일 뿐인데 누가 접근을 막아? 국가 중요 인사도 아니고 말이야."

"이건 내가 입사했을 때 정년으로 퇴직한 선배 기자님한테 들은 건데, 예전에 자메이카의 말리 있잖아. 알지? 레게 음악의 선구자."

"모르면 그게 기자냐?"

"그래, 그 사람은 정부에서 위험인물로 분류해서 기자들 접근을 막은 적이 있대. 일반 국민을 선동한다는 이유로 말이야."

"크크크, 그 사람은 그럴 만했지. 근데 케이는 운동권도 아니고 딱히 사람들 선동해서 정치적 발언이나 노래하는 사람도 아니잖아."

"그렇지? 내가 좀 예민한 거겠지?"

"크크, 그럴 땐 나처럼 커피를 한잔하라고. 머리가 맑아지니까."

"그래, 팡타지오 홈페이지나 한번 보고 나도 커피 한잔 두고 섹시한 여자 연예인 SNS 나 뒤져서 대충 기사 올려야겠다."

자포자기한 브뤼노가 주소창에 팡타지오 홈페이지의 주소를 입력한 후 엔터를 치고는 화면도 보지 않고 올리비에에게 말했다.

"너 이 도너츠도 먹을래? 난 속이 좀 안 좋아서."

올리비에가 브뤼노의 책상 위에 놓인 도너츠를 잡으려고 몸을 숙이며 다가오다가 브뤼노의 화면을 보며 고개를 갸웃했다.

"엉? 뭐냐 그건?"

"뭐가?"

브뤼노가 노트북 화면에 떠오르는 배너 화면에 검은 로딩 표시가 되어 있는 것을 보고는 의아한 눈을 했다.

"뭐야, 팡타지오 홈페이지로 들어왔는데 주소 잘못 쳤나? 어라, 맞는데……."

홈페이지 위에 떠 있는 배너는 로딩이 끝나자 흑백 화면으로 바뀌었다.

녹음실로 보이는 스튜디오에 놓인 드럼 세트가 보이고 아마추어가 촬영한 듯 화면이 약간씩 흔들리는 동영상을 본 올리비에가 의자를 바싹 붙이며 다가와 말했다.

"소리 좀 키워봐."

올리비에가 키보드로 소리를 키우자 기타를 조율하는 듯한 소리가 들려왔다. 빈 도너츠 박스를 접어 자리로 돌아오던 프랑수아가 두 사람이 붙어 앉아 노트북 화면을 뚫어지게 보고 있는 것을 보고는 다가와 파티션에 팔을 기대고 물었다.

"뭔데 그래, 기삿거리라도 건졌어?"

브뤼노가 노트북 화면에서 눈을 떼지 않고 검지로 입을 막는 시늉을 하자 직감적으로 뭔가 있다는 것을 눈치챈 프랑수아가 파티션을 돌아 뛰어왔다.

"뭔데, 뭔데?"

흑백 화면에 비친 드럼 앞에 누군가의 다리가 나타났다. 길고 마른 다리는 흑백 화면으로 인해 그 색을 확실히 알 수 없었지만 아마도 검은 스키니 진을 입고 있는 듯했다.

드럼 앞에 선 사람에게 누군가 다가와 어떤 물건을 건넸다. 검은 스키니 바지를 입은 이가 누군가가 넘겨준 것을 위로 들어 올렸다가 다시 내렸다.

"뭐냐, 기타 메는 것 같은데?"

"쉿! 조용! 집중 좀 하자."

화면 속 남자가 손을 내리자 허리 위에서 기타가 내려왔다. 올리비에가 벌떡 일어나며 화면을 손가락질했다.

"화이트 팔콘! 케이다!"

"헉! 진짜야! 진짜다! 화이트 팔콘이다!"

각자 자리에 앉아 있던 동료 기자들이 우르르 일어나 브뤼노의 자리로 뛰어 왔다. 기자들은 브뤼노의 자리에서 영상을 확인 후 재빨리 자신의 자리로 뛰어가 팡타지오의 홈페이지로 접속하기 시작했다.

브뤼노가 스페이스 바를 눌러 동영상을 멈추더니 벌떡 일어나 외쳤다.

"뱅썽 부장님 어디 가셨어! 석간 마감 시간 늦춰달라고 전해 줘!"

문가에 앉은 여직원이 재빨리 일어나 부장실로 들어가자 금방 우당탕 소리가 나며 뱅썽 부장이 뛰어나왔다.

"케이 소식 떴다고?"

"예, 부장님!"

"알았어! 크리스티나! 출판 업체에 전화해서 마감 시간 30분 더 늦추라고 해! 브뤼노 기사는 네가 써라!"

"예! 알겠습니다!"

뱅썽이 만족스러운 웃음을 지으며 엄지손가락을 올렸다.

"잘했어! 앞으로도 마감 직전까지 끈질기게 기사 찾는 모습, 기대하지."

브뤼노가 씩 웃자 뱅썽이 미소를 지으며 부장실로 들어갔다.

기분 좋은 웃음을 지으며 자리에 앉은 브뤼노가 부러운 눈으로 자신을 보는 올리비에를 보고는 어깨를 으쓱했다.

"부러우면 연예부로 오시던가?"

올리비에가 피식 실소를 지으며 화면을 가리켰다.

"빨리 재생하기나 해."

브뤼노가 웃으며 자리에 앉은 후 영상을 재생하자, 화이트 팔콘을 든 남자가 기타 솔로 연주를 시작했다. 그냥 연습을 하는 영상이었는지 제멋대로 연주를 하던 남자가 기타를 벗고 팔을 내밀자 누군가 와서 다른 기타를 주었다.

역시 기타의 어깨끈을 멘 후 파란색 넥이 긴 기타가 보이자 올리비에가 화면을 가리키며 말했다.

"베이스 기타네? 베이스도 연주하나?"

"기타 연주하다 보면 베이스도 배우는 사람 많아. 주법은 다르지만, 코드와 연주에 대한 이해는 비슷하니까."

하체만 보이는 사람이 베이스 기타를 연주하기 시작했다. 역시 연습을 하는 것으로 보였지만 그 모습만으로 상당히 수준급 연주를 하는 것을 본 올리비에가 말했다.

"보통…… 기타리스트들이 베이스 기타도 저 정도 수준으로 다루나?"

입을 떡 벌린 브뤼노가 멍한 표정으로 아무 말 없이 화면을 보고 있자, 올리비에가 입맛을 다시며 화면을 보다가 다시 말했다.

"어? 드럼 쪽으로 가네?"

검은 스키니를 입은 남자가 드럼에 앉자 얼굴이 드러났다. 브뤼노가 벌떡 일어나며 외쳤다.

"케이다! 확실해! 케이가 맞네!"

건이 미소를 지으며 드럼 옆에 놓인 스틱을 잡고 빙글빙글 돌려 손목을 풀어 준 후 드럼 솔로 연주를 시작했다.

아주 짧은 연주였지만 더블 베이스까지 이용한 그루브한 연주가 두 사람을 놀라게 했다. 연주가 끝나자 서로를 바라본 두 사람이 동시에 소리를 질렀다.

"방금 봤어?"

"저거 케이가 연주한 거야? 진짜로?"

놀라는 두 사람이 다시 화면을 보자 보컬 트랙 녹음을 하는지 윈드 스크린 뒤에 놓인 마이크가 보였다. 아무도 없는 녹음실에 누군가 들어와 헤드폰을 썼다.

흑백 화면이었지만 엄청난 미남이 고개를 들자 흑백 화면에서 더 빛이 나는 건의 미모가 화면을 집어삼켰다.

턱이 빠질 듯 입을 벌리고 있는 브뤼노의 귀로 블루스 주법으로 연주되는 기타 소리가 들렸다. 아름다운 기타 음은 그저 아름답다고 치부할 수 없었다.

아련한 그리움이 깔린 서정적인 음이 울리고 헤드폰을 쓰고 눈을 감은 미소년이 입을 열었다.

I would be the sunlight in your universe.

(내가 당신 세상의 빛이 되어 드리겠어요.)

Sweetheart, if I could change the world.

(그대여, 내가 세상을 바꿀 수만 있다면 말이죠.)

And I Know there'll be no more tears in heaven.

(그리고 천국에는 더 이상 눈물이 없을 거란 걸 난 알아요.)

가성과 진성을 넘나들며 감미로운 목소리로 노래하던 건이 짧은 노래를 한 후 카메라를 보며 엄지손가락을 들어 올린 채 아름답게 웃었다. 화면이 검게 변하고 하얗고 유려한 필기체의 글씨가 왼쪽에서 오른쪽으로 서서히 나타났다.

The angel is back.

(천사가 돌아온다.)

흩어지듯 글자가 사라지며 새로운 글자가 떠올랐다.

He will go to see you soon.

(그가 곧 당신을 만나러 갈 것이다.)

화면은 다시 검게 변하고 곧 재생이 중지되었다는 표시와 다시 보기 표기가 올라왔다. 입을 벌리고 멍한 표정으로 화면을 보고 있는 브뤼노와 올리비에 중 올리비에가 먼저 정신을 차리고 말을 꺼냈다.

"이거 앨범이 나온다는 뜻인가?"

브뤼노가 올리비에의 말에 퍼뜩 정신을 차리며 고개를 세차게 저었다.

"아, 잠깐 정신이 나가 버렸네, 제길. 앨범인지 아닌지 확실한 이야기는 없었어. 언제 나온다는 말도 없고."

올리비에가 답답한 표정을 지으며 말했다.

"무슨 일을 이렇게 해? 언제 뭐가 오픈하는지도 안 써 있고 말이야."

브뤼노가 멍한 표정으로 정지된 화면을 가리키며 올리비에를 보았다.

"바보야, 이게 무슨 의미인지 모르겠어?"

"무슨 뜻인데?"

"공개되는 날까지 팡타지오 홈페이지에 다른 소식을 기다리는 팬과 기자들이 이목을 집중할 거란 뜻이잖아."

우당탕!

"야! 터졌다!"

의자를 박차며 일어나느라 뒤로 의자를 쓰러트린 프랑수아가 외쳤다. 올리비에가 그런 프랑수아를 보며 물었다.

"뭐가 터져?"

"팡타지오 홈페이지 터졌다고! 서버 폭주야! 기자들 몰리고 있는 게 분명해!"

벌컥.

부장실 문이 활짝 열리며 상기된 표정의 뱅썽 부장이 고함을 쳤다.

"당장 석간에 기사 올려! 다른 곳보다 늦으면 안 돼!"

한국 워터멜론 엔터테인먼트.

한국뿐 아니라 팝까지 실시간 순위를 제공하고 스트리밍 서비스를 제공하는 이 회사는 대한민국 양대 음원 사이트 중에서도 압도적인 1위를 유지하고 있는 대형 기업이었다.

주로 고객들의 민원이나 에러, 앱 서비스의 버그 등에 대해 전화로 상담을 해주고, 외부 문의사항에 대한 대외적인 답변을 하는 CS 본부는 약 70여 명의 직원이 전화 상담을 하는 소리로 인해 매우 시끄러웠다.

점심을 먹고 화장실에 들려 립스틱을 다시 바른 홍유정 CS 본부장이 부른 배를 쓰다듬으며 만족스러운 얼굴로 본부장실로 향하고 있었다.

한 손에 테이크 아웃 커피를 든 유정이 상담실 문을 열었다. 고객 상담 중 발생하는 사고에 대해 바로 대처하기 위해 직원들이 상담하는 사무실 한쪽 면에 있는 회의실 끝에 위치한 본부장실은 근무 중인 상담원들을 지나쳐야 도착할 수 있었다.

여느 때와 다름없이 바쁘게 전화 상담 중인 직원들을 보던 홍유정 본부장의 얼굴에 이채가 떠올랐다.

대기 중인 상담 전화 건수를 나타내는 대형 화면을 본 홍유정 본부장이 주위를 두리번거리며 소리쳤다.

"김 팀장님? 김 팀장님 어디 계세요?"

창가 자리 파티션에서 헤드셋을 쓰고 있는 삼십 대 초반의 여성이 일어나 손짓으로 헤드셋을 가리켰다. 현재 상담 중임을 알리는 행동을 본 홍유정 본부장이 팔짱을 끼고 서서 대형 화면에 시선을 고정했다.

'뭐야, 상담 대기 중인 전화가 487건? CS팀 KPI는 대기 중 전화 20건 미만일 텐데? 김 팀장님까지 상담하고 계시다니, 무슨 일이라도 있는 거야?'

잠시 자리에 서서 기다리자 바로 옆자리에 앉아 상담 중인 여직원의 목소리가 들려왔다.

홍유정 본부장이 자기도 모르게 상담 내용에 귀를 기울이자 식은땀이 나는지 손수건으로 연신 얼굴을 닦으며 헤드셋을 통해 상담을 하는 여직원이 연신 사과를 하는 목소리가 들려왔다.

"네, 죄송합니다, 고객님. 네네, 저희도 알아보고 있습니다만 지금은 예약되어 있는 것이 없습니다. 네네. 정말 죄송합니다, 고객님. 이른 시일 내에 알아보고 공지하도록 하겠습니다. 네네."

헤드셋을 누르는 여직원은 통화가 끝나자마자 바로 다음 콜을 받고는 똑같은 말을 반복하고 있었다. 의아하게 생각한 홍유정 본부장이 다시 김 팀장을 부르려 하는 찰나 헤드셋을 벗어 던진 김 팀장이 뛰어왔다.

"본부장님! 어디 계셨어요? 다섯 번이나 전화 드렸는데 계속 안 받으시던데요!"

홍유정 본부장이 커피를 든 손을 들어 보이며 어깨를 으쓱했다.

"점심 먹으러 갈 때 핸드폰을 책상에 두고 왔어요. 그런데 무슨 일 있나요?"

김 팀장이 소매로 땀이 송골송골 맺힌 이마를 닦으며 말했다.

"케이 뉴스 터졌어요! 앨범 발표할 것 같은데 아직 공식 발표가 없어서 지금 디지털 싱글 발표일에 대해 문의하는 전화가 빗발치고 있어요! 그중 진상 고객들이 무슨 일을 이렇게 하냐는 식으로 막무가내 항의를 하는 바람에 직원들이 죽어나가고 있다고요!"

유정이 손에서 커피를 놓칠 뻔했다. 겨우 옆에 앉은 직원의 머리에 커피를 쏟아붓는 걸 막은 유정이 눈을 크게 뜨며 말했다.

"케이? 네팔에서 소식 끊긴 지 이제 한 달 정도 된 것 아니었어요? 그 사이에 앨범을 만들었을 리가요!"

김 팀장이 얼굴에서 나는 열을 식히려는 듯 손 부채질을 하며 상기된 얼굴로 말했다.

"저도 아침에 직원들이 말하는 것을 듣고 확인한 건데 아직 확실한 게 없어요. 그냥 팡타지오 홈페이지에 케이가 곧 온다는 식의 영상물이 남겨졌는데, 거기서 케이가 연주하고 있는 모습이 나왔어요. 이것저것 매치해 보면 이런 식의 영상은 앨범 발표밖에 없어요, 본부장님."

유정이 손에서 힘이 빠지는 듯 파티션 위에 위태위태하게 커피잔을 올렸다.

"위에서 지시 없었나요?"

"아까 전사 메일로 지시사항이 왔어요. 팡타지오에 문의 중이니 아직 아무것도 모른다, 기다려 달라는 포지션으로 상담 진행하라는 지시입니다."

"하아, 다들 점심도 못 드셨겠네요. 법인 카드 드릴 테니 피자라도 시켜 드세요."

김 팀장과 일별한 유정이 머리를 쥐어뜯으며 본부장실을 박차고 들어가서는 자신의 PC를 두들겨 대기 시작했다.

'어쩐지 점심때 너무 느긋하다 했어! 이사님께 혼나겠네, 제길!'

레드 캐슬의 오후는 평화로웠다.

바깥세상에 어떤 난리가 났는지 전혀 느끼지 못하는 독립

적인 공간에서 병준과 함께 기타 두 대를 매고 별채를 나서는 건이 뒤를 돌아보며 말했다.

"키스카! 오빠 다녀올게. 유모 아주머니랑 놀고 있어. 알았지?"

유모의 손에 잡혀 바둥거리던 키스카가 집 밖으로 나가려는 건을 따라가고 싶은지 유모의 손에서 손가락을 꼬물대며 발을 동동 굴렀다.

유모가 그런 키스카를 내려다보며 더 꼭 손을 잡았다.

"안 돼요, 아가씨. 오늘 보스가 외출하셔서 보안 인력이 적다고요. 보스가 절대 케이를 따라 나가지 못하게 하라는 명령을 하셨었어요. 오늘은 오랜만에 저와 시간 보내요, 호호."

키스카가 그레고리의 명령이 있었다는 말을 듣고도 안간힘을 쓰며 손을 빼려 하자 유모가 양손으로 바둥거리는 키스카를 부여잡고는 다급히 말했다.

"케이! 빨리 가요!"

키스카가 다급하게 건을 돌아보며 금방이라도 울 것 같은 표정을 지으며 바둥거리자 차마 발이 떨어지지 않았던 건이 머뭇거렸다.

그 모습을 본 유모가 병준에게 다급한 눈짓을 보내자 병준이 건의 어깨동무를 하며 힘을 주어 이끌었다.

건은 병준의 힘에 밀려 대기 중인 차로 가면서도 끝까지 키스카에게서 눈을 떼지 못했다.

키스카는 끊임없이 바둥거리며 건에게 손을 뻗었지만, 병준의 힘에 떠밀려 차에 타 버린 건이 곧 시야에서 사라져 버렸다.

무심한 차가 출발해 버리자 포기한 듯 고개를 푹 숙인 키스카가 유모의 손을 세차게 뿌리쳤다. 한참 동안 억지로 키스카의 손을 꼭 잡고 있던 유모가 차가 출발한 후 손에서 힘을 빼고 있다가 키스카의 뿌리침에 의해 손을 놓치자 안쓰러운 눈으로 그녀를 내려다보았다.

"아가씨. 오늘 뮤직비디오 촬영하러 가는 거래요. 우리 아가씨가 가면 방해가 된다고요. 케이도 자기 일을 해야 하잖아요?"

고개를 숙인 키스카가 유모의 반대편으로 고개를 획 돌렸다. 화가 난 표정을 짓던 키스카의 눈에 별채의 꽃밭 정원에 우두커니 놓인 그네가 보였다.

잠시 고민하던 키스카가 항상 가지고 다니던 스케치북을 가지고 그네로 다가갔다. 유모는 그런 키스카의 두어 걸음 뒤에서 천천히 그녀를 따랐다.

그네 앞에 서서 가만히 하얀 그네를 내려다보던 키스카가 그네에 기어 올라가 다리를 펴고 앉은 후 스케치북을 펴고 크레파스로 뭔가를 그리기 시작했다.

레드 캐슬의 오후 시클라멘 꽃이 흐드러지게 핀 정원 가운데 그림과 같인 놓인 하얀 그네 위에 주변 풍경보다 더 아름답고 귀여운 소녀가 무표정한 얼굴로 그림을 그리고 있었다.

♪♪♩

한편 주차장처럼 보이는 뮤직비디오 촬영장에 도착한 건은 마피아 조직원들의 삼엄한 경비 속에 차에서 내렸다.

집에 두고 온 키스카의 마지막 간절한 눈빛이 계속 마음에 걸린 건의 마음이 조급해졌지만 이미 잡아 둔 스케줄을 변경하면 수많은 스탭에게 피해를 주는 것이기에 웃으며 인사하는 스탭들에게 마주 웃어주는 건이었다.

병준은 그런 건의 옆에 서서 나직하게 말했다.

"걱정하지 마. 오늘 촬영은 그저 네가 연주하는 것을 자연스럽게 찍는 것뿐이야. 악기별로 두세 번만 촬영하면 간단히 끝나니까 빨리 돌아갈 수 있을 거다. 돌아갈 때 아이스크림이라도 사서 돌아가자고."

건이 병준의 말에 얼굴이 피었다. 잠시 촬영장 한쪽에 마련된 대기석에 앉아 있던 건에게 반가운 얼굴이 다가오자 자리에서 일어나 양팔을 활짝 벌리며 웃음을 지었다.

"이사님!"

몇 년이 지났지만, 여전히 아름다운 몸매와 얼굴을 유지하고 있는 린이 하이힐 소리를 내며 다가오다 건이 팔을 벌리는 것을 보고 미소를 지으며 살며시 건을 안아주었다.

“잘 지냈어요? 통화는 자주 했어도, 얼굴 보는 건 몇 년 만이네요. 좀 더 남자다워지셨네요, 건 씨.”

“하하, 그래요? 보고 싶었어요, 이사님.”

“호호, 그렇게 보고 싶었으면 날 부르지 그랬어요. 전화로 이야기만 했어도 바로 달려왔을 텐데.”

“에이, 바쁘시잖아요, 폐 끼치면 안 돼요.”

“호호, 건 씨가 보고 싶다는데 그게 왜 폐를 끼치는 건지 모르겠네요. 언제든 전화하시면 달려올게요.”

“하하, 고맙습니다, 이사님.”

“자, 그럼 전 촬영장 체크를 하고 올게요. 병준 실장님? 잠시 따라오세요.”

건의 곁을 지키고 있던 병준이 린을 따라 자리를 뜨자 주위에서 눈치를 보고 있던 여자 스탭들이 하나둘씩 건의 주위로 몰려들었다.

“저기, 케이! 사인 좀 해주시면 안 될까요?”

“아, 네. 물론 괜찮아요. 주세요.”

“저는 사진이요!”

“비켜봐 나도요! 나도요!”

“아, 오빠는 남자가 왜 양보심이 없어? 나중에 받으란 말이야!”

"야! 마누라가 꼭 받아 오라고 했단 말이야! 못 받아가면 삼 일은 바가지 긁혀, 비켜봐!"

열댓 명의 스탭들이 모이는 것을 본 건이 웃음을 지으며 조금 큰 소리로 말했다.

"저 때문에 중국에서 오신 분들인데 모두 다 해드릴 테니까 싸우지 마시고 기다려 주세요."

멀리 떨어져 자신의 일을 하던 스탭들이 그 소리를 듣고는 우르르 뛰어왔다. 어느새 40여 명의 스탭들에 둘러싸인 건이 웃음을 짓다가 촬영장 근처에서 이쪽을 주시하고 있던 미로슬라브가 품 안에 손을 넣으며 다가오려는 것을 보고는 식은땀을 흘리며 손사래를 쳤다.

'오지 마! 오지 마요!'

미로슬라브는 건의 시선 이동에 따라 자신에게 고개를 돌린 몇몇 스탭들을 무서운 눈으로 노려보다가 서서히 품에서 손을 빼고 물러났다.

그가 물러서는 것을 본 건이 당황스러움을 감추려는 듯 큰 소리로 외쳤다.

"아하하…… 다 해드릴게요. 줄 서서 기다려 주세요, 여러분."

주차장 뒤편 아무도 없는 곳에 도착한 린이 뒤를 따르던 병준을 돌아보며 물었다.

"레드 마피아 그레고리 미오치치. 그의 딸이 가사를 썼다는 것이 정말 사실이란 말이에요?"

병준이 심각한 표정으로 고개를 끄덕였다.

"맞습니다. 문제는 건의 성격상 분명 작사가 명에 키스카의 이름을 쓸 것이란 것이고, 기자들에게 알려지면 어떤 문제가 파생될지 감이 잡히지 않는다는 것입니다."

"그렇네요. 다른 사람도 아니고 마피아예요. 미리 알아보니 다행히 마약이나 매춘 쪽과는 연관이 없더군요. 러시아 천연가스 사업에 손을 대고 있는 사람이라 일반인에게 피해를 주는 사람은 아닌 것 같지만, 마피아는 그 이름만으로도 사람들에게 거부감을 줄 수 있어요."

"맞습니다, 그래서 더 걱정이죠."

"일단 지금 건 씨가 레드 캐슬에 있다는 것은 아무도 모르고, 키스카 미오치치 양도 외부와 접촉이 거의 없어서 그 존재를 아는 사람이 드무니까 철저히 비밀에 부치고 진행하도록 하죠."

"알겠습니다, 이사님. 각별히 유의하겠습니다."

금방 끝난다는 병준의 말은 틀리지 않았다. 악기별로 서로 다른 옷을 몇 벌 갈아입으며 그저 연주하는 영상의 촬영은 악기별로 세 번씩만 진행되고 그대로 끝이 났다.

린이 중간에 요청을 하여 얼굴을 가리고 한 번 더 영상을 찍은 건이 조급한 얼굴로 시계를 보자 병준이 린에게 귓속말을 건넸다.

"이사님. 집에 키스카가 기다려서 건이가 마음이 좀 급한 것 같은데, 회식은 다음번에 하시죠."

린이 고개를 끄덕인 후 속삭였다.

"어차피 회식할 생각도 없었어요. 건 씨 주위를 호위하고 있는 레드 마피아까지 따라올 텐데 어디 가서 편하게 식사하겠어요? 스탭들 회식은 내가 챙길 테니 병준 실장님은 어서 건 씨를 데리고 가봐요."

"알겠습니다, 이사님. 미국에는 언제까지 계실 예정인가요?"

"프로젝트 공개 전에 해야 할 일들을 가지고 왔어요. 당분간은 맨하튼 근처의 호텔에 있을 예정이니 무슨 일이 생기면 연락하세요."

"그럼 그냥 저희랑 함께 가시죠? 굳이 호텔을 잡으실 필요는 없지 않습니까, 집도 넓은데."

"나한테까지 마피아 보스의 집에 들어오라는 건가요? 절대 안 가요."

"아…… 하하, 그렇군요. 매일 정원에서 예쁜 꼬맹이랑 놀아주다 보니 제가 지금 어디에 살고 있는지 잊어버렸네요. 알겠습니다, 이사님. 그럼 연락 드리겠습니다. 건아! 이제 가자!"

건이 가자는 병준의 말에 반색하며 뛰어왔다.

"형! 다 끝난 거예요? 스탭들 회식은요? 멀리서 오신 분들인데 회식해야죠, 그냥 보내면 어떡해요?"

병준이 건의 어깨를 툭툭 치며 말했다.

"됐어, 괜히 너 가면 식사하기 힘들어. 이사님이 챙기신다니까 우린 가자."

건이 고개를 돌려 손린과 눈을 마주쳤다.

"이사님이요? 그래도 돼요?"

린이 아름다운 미소를 지으며 고개를 끄덕였다.

"인형의 기사님? 여기는 나에게 맡기고 어서 돌아가 보세요. 기다리는 사람이 있잖아요?"

"이, 인형의 기사는 무슨…… 아하하, 일단 알겠습니다, 나중에 봐요, 이사님!"

건이 예상보다 일찍 끝난 것에 신이 났는지 미로슬라브가 있는 쪽으로 뛰어가 출발할 것임을 알렸다. 곧 6,000cc가 넘는 대형 방탄 차량들이 주차장을 줄지어 빠져나갔고 그 모습을 심각한 눈으로 보던 린이 팔짱을 끼며 생각에 잠겼다.

'마피아의 딸이라…….'

건은 미로슬라브에게 미리 부탁해 브루클린 브리지 아래 풀턴페리 부둣가의 화이어보트 하우스에 자리한 브루클린 아이스크림 팩토리(BICF)에 들렀다.

지난여름에 왔을 때는 길게 줄을 늘어선 가게였지만 초겨울이라 그런지 그리 사람이 많지 않았다.

설탕을 가미하지 않는 것이 철칙인 이 가게에 들른 이유에는 어린 키스카에게 조금이라도 건강에 좋고 맛있는 것을 주고 싶은 건의 마음이 담겨 있었다.

차가 멈춰 서자 병준이 차에서 내리며 말했다.

"내가 사 올게. 차에 있어라. 무슨 맛으로 사 올까?"

건이 엉덩이를 떼며 고개를 저었다.

"키스카가 먹을 건데 제가 직접 사고 싶어요. 같이 가요, 형."

"그럴래? 그럼 모자랑 선글라스 써."

건이 약간 곤란한 표정으로 말했다.

"아…… 미로슬라브 씨와 같이 다닐 땐 필요 없어서 그냥 왔는데."

"그래? 아…… 그럼 어쩌지. 일단 잠깐만 기다려."

병준이 차에서 내려 주위를 보자 정리할 것도 없이 마피아 조직원들을 본 사람들이 황급히 멀리 떨어지고 있는 것이 보였다.

차에서 내린 채 사람들이 시야에서 사라지고 있는 것을 확인한 병준이 가게에 난 창문으로 안을 들여다보았다.

얼굴이 하얗게 질려 밖을 보고 있는 직원들 외에는 다른 사람이 없는 것을 본 병준이 차로 돌아와 말했다.

"가자, 사람들 없네, 뭐."

건이 반색하며 차에서 내려 가게로 들어갔다. 카운터에 서 있는 히스패닉계 여직원이 가게 밖으로 보이는 마피아 조직원을 보며 덜덜 떨다가 가게 문이 열리자 화들짝 놀랐다.

건이 직원 머리 위의 메뉴판에 써진 메뉴를 보다 여직원에게 인사를 건넸다.

"안녕하세요? 아직 영업시간이죠?"

여직원이 건의 맨얼굴을 보고는 그대로 입을 떡 벌렸다.

"어…… 어? 케, 케이?"

"하하, 안녕하세요. 아이스크림 사러 왔어요."

여직원이 고개를 돌려 창문 밖에서 지켜보고 있는 마피아와 건을 번갈아 보자 병준이 슬쩍 나서며 말했다.

"아, 우리랑 관계없는 사람들이니 오해하지 마세요."

여직원이 겨우 벌린 입을 다물고는 머뭇거리며 말했다.

"그…… 그래요? 저기 케이, 사진 한 번만 찍어주시면 안 될까요?"

"아! 물론 괜찮아요. 여기서 찍을까요?"

여직원이 반색하며 다가와 핸드폰을 들고 건과 얼굴을 맞대고 사진을 찍으려다 빛이 마음에 안 드는지 카메라 각도를 여러 곳으로 바꾸었다.

그 모습을 본 병준이 카메라 각도에 외부 창문에서 안을 보고 있는 마피아가 들어올 것 같아 조용히 창 쪽을 막아섰다.

병준의 움직임을 눈치채지 못한 직원이 활짝 웃으며 사진을 찍은 후 말했다.

"감사해요, 케이! 정말 팬이에요."

"고마워요, 몇 년 전에 와 본 가게인데 너무 맛있어서 또 사러 왔답니다. 버터 피칸 맛 아직 팔죠?"

"그럼요, 팔죠. 혹시 바닐라 초콜릿 청크도 드셔보셨나요? 우리 집은 그게 메인인데."

"오! 그래요? 그럼 두 가지 맛으로 1갤런씩 포장해 주실래요? 한 20분쯤 걸리는 거리예요."

"네, 20분이면 드라이아이스 한 개면 충분하겠네요. 24불이에요. 사진을 찍어주셨으니 20불에 드릴게요. 호호."

"하하, 감사합니다."

병준이 지갑을 꺼내려 하자 그런 병준의 손을 막으며 건이 말했다.

"키스카가 먹을 거라니까요, 제가 살 거예요."

"아니, 이거 법인 카드로 해결할 수 있는 거야."

"됐어요, 제가 번 돈으로 직접 사주고 싶어요. 아직 아무것도 해준 게 없단 말이에요."

건이 20달러를 꺼내 웃으며 직원에게 주자 곧 포장된 아이스크림이 나왔다. 직원들에게 웃어준 건이 밖으로 나서 차를 타려 하자 직원들이 우르르 창문에 붙어 그 모습을 구경하려

했다.

차에 타기 전 병준이 미로슬라브를 보자 고개를 끄덕인 미로슬라브가 조직원들에게 러시아 말로 지시를 했다. 그의 지시를 들은 조직원들이 가게의 창문 쪽으로 다가가 직원들을 째려보자 식은땀을 흘린 직원들이 창가에서 후다닥 멀어졌다.

미로슬라브가 신호를 주자 재빨리 차에 건을 밀어 넣은 병준이 웃으며 엄지손가락을 들어 보이자 무서운 인상의 미로슬라브가 순박한 웃음을 지었다.

건의 차가 출발하고 완전히 시야에 사라질 때까지 창가를 지키던 마피아들이 서둘러 차에 올라타 출발하자 그제야 가게 밖으로 우르르 몰려나와 떠난 차의 뒷모습만 구경하고 있는 직원들이었다.

그런 직원들 뒤로 아이스크림 가게 뒤편에서 모습을 드러낸 50대 정장을 입은 남자가 무전기를 들었다.

"치익, 대상이 레드 캐슬 방향으로 간다."

-치익, 특이사항은?

"치익, 이상 없다. 보안 유지하며 따라붙도록."

-치익, 알았다.

맨하튼 브리지에서 레드 캐슬로 가는 시내 도로에 10여 대의 검은 차들이 줄지어 지나가자 길을 건던 시민들이 대통령이라도 지나가는 것인가 하고 의아한 눈으로 차들을 보았다.

그들의 눈에 검은 차들이 줄지어 지나간 후 블록의 골목길에서 튀어나와 그들을 쫓는 승용차들이 들어왔다. 골목마다 한 대씩 나온 차량이 어느새 스무 대가 넘어가자 시민들이 핸드폰을 꺼내 촬영을 했지만 그들의 카메라에 담긴 것은 그저 차량 여러 대의 뒷모습뿐이었다.

거대한 레드 캐슬의 철문이 열리고 건이 탄 차량이 그대로 정원까지 들어갔다.

건이 창밖에 비친 정원의 모습을 보다가 이미 어두워진 저녁 시간에 별채 앞 그네에 앉아 무언가를 그리고 있는 키스카를 보고는 창문을 열고 외쳤다.

"키스카! 나 왔어!"

뭔가를 열심히 그리던 키스카가 번쩍 고개를 들더니 차를 타고 들어오는 건의 모습을 보고 후다닥 그네에서 뛰어 내려와 달렸다.

어찌나 빠른지 옆에 서 있던 유모는 한참이나 뒤처져 뒤뚱거리며 따라왔다.

아직 멈추지도 않은 차량의 문을 두들기는 키스카의 위험한 행동에 급하게 차를 멈춘 미로슬라브가 운전석에서 내려 다급한 표정으로 키스카에게 물었다.

"아가씨! 괜찮으십니까? 위험합니다!"

키스카는 그런 미로슬라브를 쳐다보지도 않고 창문을 열고 걱정스러운 눈빛을 하고 있는 건을 올려다보았다.

건이 차 문을 열고 내리려 하자 키스카가 열린 차 문 안으로 기어 올라와 건의 무릎에 앉았다. 가만히 건과 눈을 마주치던 키스카가 건의 목을 끌어안자 피식 웃음을 지은 미로슬라브가 차 뒷문을 닫고는 다시 운전을 해 분수대까지 이동했다.

차 안에서 건이 자신에게 안긴 키스카의 등을 만져주는 것을 보던 병준이 안쓰럽다는 투로 말했다.

"온종일 기다렸나 보네. 이제 날도 추운데 종일 밖에 있었던 거 아니야? 아침에 입은 옷이 그대로인데."

건이 병준의 말에 키스카의 팔을 만져보고는 놀라며 말했다.

"아니, 키스카! 정말 밖에 계속 있었던 거야? 이 팔 좀 봐. 얼음장같이 차갑잖아!"

걱정스러운 건이 키스카의 팔을 비벼주고 있을 때 병준은 손에 든 아이스크림 봉지를 들고는 허탈한 웃음을 지었다.

'멀리까지 가서 사 온 건데 오늘 주면 감기 걸리겠지?'

키스카가 먹는 동안 자신도 얻어먹을 생각이었는지 아쉬운 입맛을 다시는 병준이었다.

건은 차가 멈춰 서자 키스카를 꼭 안고 별채로 뛰어들어 가서 담요로 키스카를 둘둘 말다시피 하고 소파에 앉혔다.

소파 앞에 한쪽 무릎을 굽히고 키스카와 눈을 마주친 건이 소녀의 머리를 쓰다듬으며 말했다.

“왜 밖에 있었어? 다음번에는 꼭 집 안에서 기다려야 해. 알았지?”

아이스크림 봉지를 들고 뭐라고 말하려던 병준이 입맛을 다시며 아쉬운 눈빛으로 아이스크림을 냉장고에 넣고는 일방적으로 이야기하는 건과 큰 눈망울로 건을 보고 있는 소녀를 보고 별채 밖으로 나와 담배를 물었다.

불을 붙이려던 병준이 안쪽을 힐끗 보고는 정원으로 완전히 나와 불을 붙였다.

긴 담배 연기를 뿜어낸 병준의 눈에 하얀색의 그림 같은 그네가 들어왔다. 담배를 입에 물고 그네로 다가가던 병준의 눈에 그네 위에 놓인 스케치북이 보이자, 그네에 털썩 앉은 병준이 스케치북을 들었다.

“오! 키스카가 그림을 아주 잘 그리네?”

스케치북 안에 환하게 웃고 있는 건이 몸을 뒤로 돌려 손을 내민 그림이 있었다.

“어린아이가 원근법까지 표현하다니, 얘도 재능이 있구나. 손 내민 거 크게 그린 것 봐. 대단한데?”

그림을 보고 감탄하던 병준의 눈에 그림 오른쪽 위에 작게 쓰인 글자가 들어왔다.

Where are you, knight in shining armor.

(어디에 있나요, 빛나는 갑옷을 입은 나의 기사님.)

병준이 입술에 붙은 담배를 떼어내며 불이 켜진 별채로 고개를 돌렸다. 창밖으로 새어 나오는 불빛을 보던 병준이 담배 연기를 길게 내뿜으며 그네에 몸을 기댔다.

"후우…… 어쩌면 단순한 아이의 애교가 아닐지도……."

♪♪♩

일본 도쿄 시부야 스크램블 교차로 오후 7시.

'레지던트 이블 5'와 '분노의 질주 3' 등에서 소개된 이 교차로는 해가 뉘엿뉘엿 넘어가는 시간에 퇴근을 하는 직장인들로 가득했다. 교차로의 신호가 바뀌길 기다리는 사람들은 언뜻 보기에도 수천 명은 넘을 만큼 많았다.

시부야 지하철역으로 가기 위해 거쳐야 하는 이 교차로에 지하철역으로 가기 위해 신호를 기다리던 두 여고생이 시끄럽게 대화를 나누고 있었다.

"호시노, 팡타지오 기사 새로 뜬 것 없어?"

포니테일 머리를 단정하게 묶고 남색 교복을 입은 여자아이가 핸드폰 액정 화면을 보고 있는 호시노에게 묻자, 그녀가 고개를 저으며 말했다.

"없어, 처음 천사가 돌아온다는 영상이 올라온 지 오늘로 벌써 8일째인데, 그 후에 후속 소식이 전혀 없네, 궁금해 죽겠어. 넌 안 그래 히카리?"

히카리가 짜증 난다는 표정으로 발을 동동 굴렀다.

"나도 궁금해 미치겠지! 도대체 케이는 왜 일본엔 안 오는 걸까? 바로 옆 나라인데 맨날 미국에만 있고, 네팔에서 한국으로 돌아왔다가 다시 나간 것일 텐데 기왕 온 거 좀 들러주면 덧나나."

호시노가 몽롱한 표정으로 깍지를 끼고 말했다.

"아…… 케이. 실제로 볼 수 있다면 난 무슨 짓이라도 할 거야."

"나도 마찬가지야! 나 모금 방송 본 후에는 막 꿈에도 나온다니까?"

히카리를 보던 호시노가 기묘한 웃음을 지었다.

"밤에 이상한 동영상 보고 자서 그런 거 아냐, 그건?"

히카리가 식겁을 하며 손사래를 쳤다.

"히익! 사람 많은 곳에서 뭐라는 거야! 나 그런 거 안 보거든!"

호시노가 이를 드러내며 말했다.

"지난번 네 동생이 언니가 이상한 거 자꾸 본다고 나한테 말했거든? 히히"

히카리가 급히 호시노의 입을 틀어막으며 주위 눈치를 본 후 조용히 속삭였다.

"조용히 해! 주위 사람들 들어!"

입을 막힌 호시노가 장난스러운 눈웃음을 짓다가 신호가 바뀐 것을 보고는 손을 뿌리쳤다.

"놔 봐. 신호 바뀌었다. 가자!"

횡단 보도에 먼저 발을 디디며 앞서 나간 호시노가 장난스럽게 웃으며 뒤따르는 히카리를 돌아보며 크게 소리치며 앞으로 뛰어나갔다.

"혈기 왕성한 여고생이 그런 것도 좀 볼 수 있지 뭐!"

"야! 너 조용히 안 해!"

히카리가 주먹을 휘두르며 호시노를 쫓아갔다. 부끄러워진 히카리가 호시노를 쫓아가면서도 주위 눈치를 보며 뛰다가 갑자기 멈춰 선 호시노에게 부딪혀 뒤로 나동그라졌다.

"꺄악! 뭐야, 호시노!"

팔꿈치가 까진 것을 본 히카리가 호시노를 올려다보자 멍한 표정의 호시노가 손으로 무언가를 가리키고 있는 것이 보였다.

쓰러진 채 호시노가 가리키는 시부야 대형 화면으로 시선을 돌린 히카리가 놀란 표정을 지으며 나직하게 말했다.

"케이?"

대형 TV 속에 미소 짓고 있는 건이 앉아 있었다.

J-200을 허벅지에 올려둔 건이 고개를 까딱이며 박자를 세더니 연주를 시작했다.

노래를 위한 연주는 아닌 듯 처음부터 기타 현란한 어쿠스틱 기타 솔로를 연주하던 건의 모습을 비추던 카메라가 전환되며 검은 모자를 푹 눌러쓴 남자가 파란색 베이스 기타를 들고 앉은 모습을 비추었다.

건이 연주하는 기타 소리가 그대로 연주되고 있고 그 위에 그루브한 베이스 기타의 음이 올라왔다. 검은 모자를 쓴 남자는 얼굴이 보이지 않았지만 하얗고 긴 손가락이 무척 예쁜 남자였다.

기타와 베이스의 연주가 시작되자 또 다른 기타 소리가 들어왔다. 이번에는 일렉 기타의 소리였는데 소리가 들려오고 얼마 지나지 않아 기타만 확대된 화면이 그 위에 춤을 추듯 움직이고 있는 양손을 비추었다.

그 모습을 보던 히카리가 쓰러진 채 중얼거렸다.

"저건 화이트 팔콘인데…… 케이의 기타를 다른 사람이 연주하는 건가?"

우두커니 서서 멍하게 화면을 보고 있던 호시노가 손을 입에 대며 말했다.

"쉿! 음악 들어봐."

연주는 무언가 그리운 감정이 잔뜩 묻어 나왔지만, 무척이나 아름다운 노래였다. 단지 그리움을 그렸다기보다 그 속에 숨은 희망을 느낀 히카리가 숨을 크게 들이마셨다.

다시 또 하나의 기타 소리가 연주에 내려와 앉았다. 마치 세 명의 건이 연주하는 듯 같은 호흡의 기타는 드럼 소리가 합쳐지며 절정을 달렸다. 화면은 드럼을 치는 이의 페달을 밟는 발만 비추었는데 리드미컬하게 밟아대는 베이스 드럼 플레이가 무척 그루브했다.

다시 화면이 전환되고 녹음실의 윈드 스크린 앞에 헤드폰을 쓰고 눈을 감은 건이 미소를 지은 채 입을 열었다.

If I could change the world.

(내가 세상을 바꿀 수 있다면.)

Back in time, I'll be back then.

(시간을 되돌려서, 그때로 돌아갈 텐데.)

When I had to hide in a place where no one knew.

(아무도 모르는 곳에 숨어 그저 바라만 봐야 했던 그때.)

If you can go back then and save you.

(그때로 돌아가 당신을 구할 수 있다면.)

가성과 진성을 넘나드는 건의 목소리는 듣는 이를 매료 시켰다. 시부야 스크렘블 교차로를 지나던 수많은 사람이 도로 위에 그대로 서서 대형 TV에 시선을 고정하고 있었다. 이미 영상을 통해 공개된 부분이었기에 많은 사람의 귀에 익숙했기 때문이기도 했다.

화면이 흑백 화면으로 전환되고 웃음을 짓고 화면과 눈을 맞춘 건이 키스하는 듯 입술을 내밀었다.

그 모습을 본 히카리가 손을 가슴으로 모으고 눈을 하트로 바꾸었다. 화면이 전환되고 주차장인 것으로 보이는 흑백 화면이 나오며 메르시 반츠 C 클래스의 본네트 위에 누운 건이 화이트 팔콘을 쥐며 노래하는 모습이 나왔다.

주차장 앞은 거대한 강이 흐르고 있었는데, 차 위에서 강을 바라보고 있는 건의 눈이 깊게 가라앉아 왠지 모를 슬픔이 느껴지는 듯했다.

I would be the sunlight in your universe.

(내가 당신 세상의 빛이 되어 드리겠어요.)

Sweetheart, if I could change the world.

(그대여, 내가 세상을 바꿀 수만 있다면 말이죠.)

And I Know there'll be no more tears in heaven.

(그리고 천국에는 더 이상 눈물이 없을 거란 걸 난 알아요.)

강가 바로 앞 둑에 두 다리를 내리고 고개를 숙인 베이스 기타리스트가 모자를 쓴 머리를 끄덕이며 박자를 타고 있었다.

그의 모습이 점점 멀어지며 강가에 혼자 앉아 기타를 치는 모습이 멀게 보였다.

If I could be Your child even for a day.

(단 하루 동안만이라도 당신의 자식이 될 수 있다면.)

I'd take you as my queen.

(당신을 여왕으로 받아들일 수 있을 텐데.)

But for now I find.

(그러나 이제야 알았어요.)

It's only in my dreams.

(그것은 단지 나의 환상이라는 것을.)

화면이 바뀌며 강에 두 다리가 잠기게 선 건이 양팔을 펴고 하늘을 보며 허리를 휜 채 노래하는 장면이 나왔다.

검은 바지에 하얀 셔츠가 강 뒤의 풍경과 무척이나 잘 어울렸다.

But I'm different.

(하지만 나는 달라졌어요.)

Everything is different. Me and you, and now the person next to me.

(모든 것이 달라졌죠. 나 그리고 당신, 그리고 지금 내 옆에 있는 사람도.)

I will not miss you anymore.

(이제 더는 당신을 그리워하지 않을 거예요.)

Because now everything is precious.

(지금의 모든 것이 소중해졌으니까요.)

가사가 끝나자마자 화면이 4 분할되며 네 개의 기타를 치는 손 여덟 개가 출력되었다.

왼쪽 맨 위에 화이트 팔콘을 연주하는 손이 있었으며 그 옆이 J-200, 왼쪽 아래에 또 다른 어쿠스틱 기타, 오른쪽 아래에는 베이스 기타를 연주하는 손이 보였다. 미디엄 템포의 곡이었지만 현란하게 움직이는 손들은 서로 다른 음을 연주하는 듯하면서도 촘촘히 쌓인 블록처럼 하나의 연주로 합쳐지고 있었다.

기타를 연주하는 손들은 한 사람이 여덟 개의 손을 가지고 있는 것 같이 빈틈없는 연주를 하고 있었다. 하나의 기타가 연주하고 쉬는 박자에 다른 기타가 치고 들어오자 모든 박자에 음이 연주되는 완성도 높은 솔로 구간이 끊이지 않고 연주되었다.

그것을 멍한 표정으로 보던 히카리가 중얼거렸다.

"대, 대박이다……. 베이스까지 솔로로 연주하고 있어."

그녀의 말처럼 박자를 받치고 중심을 잡아줘야 할 베이스 기타까지 묵직한 음을 내며 연주에 화음을 더했다.

현란한 움직임으로 줄을 뜯어내듯 연주하던 베이스가 마지막 음을 내뱉자, 화려한 드럼 솔로가 치고 들어왔다. 이번에는 페달뿐 아니라 현란하게 움직이는 스틱을 휘두르는 사람이 화면에 비추어졌지만, 그 역시 붉은색으로 유추되는 모자를 쓰고 고개를 푹 숙이고 있어 얼굴을 볼 수 없었다.

If I could change the world.

(내가 세상을 바꿀 수 있다면.)

I would be the sunlight in your universe.

(내가 당신 세상의 빛이 되어 드리겠어요.)

Sweetheart, if I could change the world.

(그대여, 내가 세상을 바꿀 수만 있다면 말이죠.)

And I Know there'll be no more tears in heaven.

(그리고 천국에는 더 이상 눈물이 없을 거란 걸 난 알아요.)

맨 앞에 노래했던 가사와 동일한 가사였지만 앞의 노래가 아련한 그리움의 느낌을 주었다면 뒤의 노래는 같은 음이었지만 희망이 가득한 느낌의 노래였다.

마지막 가사가 끝남과 동시에 모든 연주가 한 번에 여운을 남기고 멈추었다.

차 위에 앉아 화이트 팔콘을 연주하던 건이 눈을 감고 연주의 여운을 느끼다 눈을 뜨고는 한쪽을 보고 웃음 지었다. 화면이 그대로 이동하여 강가에 홀로 앉아 모자를 쓴 베이스 기타리스트를 비추자 그가 모자를 벗어 강으로 집어 던지고 웃으며 돌아보았다. 화면을 보고 놀란 사람들이 손가락질하며 외쳤다.

"케이! 케이다! 케이가 베이시스트였어!"

모자를 벗은 건이 걸어가 의자에 앉아 있던 J-200을 든 기타리스트에게 손을 내밀고 일으켜 세웠다. 화면에 두 명의 건이 마주 보고 웃고 있었다.

"세상에! J-200도 케이였어!"

두 사람이 동시에 한 쪽을 보며 웃자 낚시 의자에 앉아 있던 또 한 명의 기타리스트가 웃으며 일어나 두 사람과 함께 섰다.

"나머지 하나도 케이였어! 커헉!"

세 사람이 나란히 걸어가 드럼 세트 앞에 서서 드러머에게 엄지손가락을 치켜세우며 웃자 붉은 모자를 쓰고 있던 드러머가 고개를 들고 씩 웃었다. 그 모습을 보던 호시노가 아직 넘어져 있는 히카리의 옆에 털썩 주저앉으며 중얼거렸다.

"드…… 드러머도 케이였어……."

화면에 총 다섯 명의 케이가 드럼 세트 앞에서 각자의 악기를 손에 들고 서 웃음을 지었다. 그를 촬영하던 카메라가 뒤로 쭉 빠지며 순식간에 멀어졌고, 허드슨 강 옆 주차장을 공중에서 내려다보이는 거리까지 가자 화면 위로 필기체의 글씨가 새겨졌다.

If I could change the world…….

(내가 세상을 바꿀 수 있다면…….)

화면에 노래 제목이 표기되고 오른쪽 아래에 조금 작은 글씨가 떠올랐다.

Composition by Kay.

Lyrics by Kiska Miočić.

화면이 블랙 아웃 되었지만 스크램블 교차로의 횡단보도에 서서 멍하게 화면을 보고 있던 사람들은 그 자리에서 박힌 듯 움직이지 못했다. 신호는 이미 바뀌었지만, 차에 탄 사람들도 밖에 있는 모두가 한 곳을 보고 있는 것을 보고는 고개를 빼 화면을 보고 있었기에 아무도 클락션을 누르지 않았다.

그날의 시부야 거리에는 수천 명의 사람들이 마치 시간이 멈춘 듯 움직이지 못하고 검게 변한 화면에 시선을 고정하고 있었다.

♪♪♩

이른 아침 팬티 바람으로 별채 문을 연 병준이 살을 에는 바람에 화들짝 놀라며 다시 집 안으로 들어가 점퍼를 입고 나왔다.

한 손에 담배를 든 병준이 주위를 살핀 후 정원의 그네로 가 앉아 담배에 불을 붙이고 긴 연기를 뿜어냈다.

"크흡! 역시 담배는 겨울에 맛있어."

주머니를 뒤적거린 병준이 핸드폰을 꺼내 팡타지오에서 보낸 메일을 확인했다. 눈을 크게 뜨고 메일을 읽어 보던 병준이 히죽 웃음을 지었다.

〈팡타지오 리포트〉

아티스트 명 : 케이(김 건).

디지털 싱글 발표 (1곡) if I could change the world.

발표 16시간 경과 시점 결과.

빌보드 차트 : 진입 전.

오리콘 차트 : 6위 진입.

워터멜론 차트 : 실시간 1위.

바이두 차트 : 실시간 1위.

일렉트로닉 차트 : 실시간 3위.

YouTube 조회 수 : 60,230,923.

병준이 화면을 아래로 밀며 계속 미친 사람처럼 웃음을 지었다.

'발표 16시간 만에 유튜브 조회 수 6천만이라니! 크흐흐. 빌보드야 주간으로 취합된 차트니 당연히 진입 전일 거고, 한국과 중국은 1위, 일본 6위, 영국에서 3위라니 건이 이 자식 대형 사고 쳤군.'

병준이 메일의 하단에 건과 관련된 기사가 제목으로 링크된 것을 보았다. 제목만 나열되어 있는 글들은 팡타지오의 데이터 분석팀이 세계 각지에 올라오는 뉴스를 번역하여 링크해 둔 것으로 보였다.

[케이의 신곡. 블루스? 록? 팝? 도대체 무슨 장르인가?]

[if I could change the world 열풍을 넘어 태풍!]

[김 건. 세계를 집어삼키다.]

[세계의 기타 연주가 모임. 케이의 신곡 연주에 극찬!]

[다섯 명의 케이가 연주하는 뮤직비디오 유튜브 조회 수 트래픽 오류 발생.]

[영국의 평론가 노먼 레브레히트. 올해 최고의 음악이라는 극찬!]

[스톰 오브 케이! 정신을 차릴 수 없는 회오리바람을 일으키다!]

굳이 기사의 내용을 보지 않아도 제목만으로 충분히 만족스러운 웃음을 지은 병준이 메일 뒤에 있는 짧은 글을 보고 인상을 찌푸렸다.

[특이사항]

미국 파파라치가 레드 캐슬로 들어가는 케이를 목격. 집 주위에 잠복하였다가 레드 마피아에 의해 정리되었음.

병준이 인상을 쓰며 담배 연기를 깊숙하게 들이마셨다.

'정리를 해? 설마…… 아니겠지?'

가만히 고민에 빠졌다가 급히 바닥에 담배를 비벼 끈 병준이 방으로 뛰어들어 가서 옷을 제대로 입고는 별채 밖으로 나와 지나가는 마피아 조직원에게 물었다.

"저기, 미안하지만 미로슬라브 씨는 어디 있습니까?"

조직원이 병준을 아래위로 보다가 오른쪽으로 고갯짓하고

는 앞서 걸었다. 병준이 본채 쪽으로 이동하는 조직원을 따라 본채 옆 조그맣게 난 문으로 따라 들어갔다.

긴 복도를 지나 세 개의 문을 지나자 지하실로 내려가는 계단이 보였다. 계단 앞에선 조직원이 눈짓으로 아래로 내려가라는 신호를 보내고는 자신을 그 자리에 그대로 서 있었다. 잠시 머뭇거리던 병준이 지하로 내려가다가 계단 아래 문을 열고 올라오는 미로슬라브와 눈이 마주쳤다.

조금 편해졌다고는 하지만 이런 곳에서 마주친 미로슬라브가 무서워진 병준이 더듬거리며 입을 열었다.

"미, 미, 미 미로슬라브 씨."

미로슬라브가 힐끗 뒤를 보더니 병준을 밀며 말했다.

"위로 올라가서 이야기합시다."

병준이 그의 힘에 밀려 계단 위로 올라서자 미로슬라브가 몸으로 계단을 막으며 물었다.

"무슨 일이십니까?"

병준이 거대한 미로슬라브의 덩치 뒤 계단을 힐끗거리며 물었다.

"저, 저기. 어, 어제 주위에 사진을 찍고 있던 사람들이 있었을 텐데……."

미로슬라브가 병준을 데려온 조직원을 돌아보자 그가 어깨를 으쓱하며 모른다는 제스처를 취했다. 미로슬라브가 허리춤에 손을 올리며 물었다.

"네, 그런데요?"

"그, 그, 그 사람들이 어떻게 되었는지 구, 궁금해서 와, 왔습니다."

미로슬라브가 고개를 살짝 저으며 말했다.

"그런 사소한 일까지는 보고가 안 됩니다. 저도 모르겠네요. 혹시 그때 근무자들에게 듣게 되면 전해 드리죠."

"그, 그, 그래요?"

병준이 의심스러운 눈으로 미로슬라브의 뒤를 힐끗 보았지만 차마 억지로 들어가서 확인하겠다는 말이 떨어지지 않았는지 천천히 뒷걸음질을 치다 몸을 달려 빠르게 달려 나갔다.

세 개의 문을 지나 바깥 공기를 마신 병준이 너무나 긴장했었는지 숨을 몰아쉬었다.

"허억, 허억, 아이고, 죽겠다."

잠시 후 병준을 따라 밖으로 나온 미로슬라브가 무릎에 손을 올리고 몸을 숙인 채 숨을 몰아쉬는 병준에게 다가왔다. 고개를 숙이고 있던 병준의 시야의 그의 발이 들어오자 화들짝 놀란 병준이 뒤로 몇 걸음 물러났다.

"커허허허헉! 뭐, 뭡니까!"

미로슬라브가 바지 주머니에 손을 넣고 고개를 삐딱하게 꺾은 채 물었다.

“왜 그렇게 놀랍니까? 무슨 일 있습니까?”

병준이 눈을 뒤룩뒤룩 굴리다가 식은땀을 닦으며 더듬거렸다.

“그, 그게 그…… 케이가 알면 가만 있지 않을 겁니다!”

미로슬라브가 피식 웃으며 다시 물었다.

“뭘 말입니까?”

병준이 식은땀을 흘리며 나온 문을 손가락질했다.

“저기! 저 안에서 벌어지는 일 말입니다!”

“저 안에서 무슨 일이 벌어지는 데요?”

“그, 그야 당연히! 사, 살이 찢기고…… 뼈, 뼈가 뒤틀리고 막!”

미로슬라브가 허리를 뒤로 젖히고 팔짱을 낀 채 턱을 쓰다듬었다.

“으음…… 정확히 알고 계시네요?”

“허억! 지, 진짜입니까?”

“살이 찢기는 것도 맞고…… 뼈가 뒤틀리는 것도 맞긴 합니다만.”

“그, 그런! 어찌 그런 잔인한 짓을! 아무리 현 상황이 비밀이라지만 그건 인권침해입니다!”

미로슬라브가 피식 웃더니 병준의 어깨동무를 하고 열려 있는 문을 가리켰다.

“그럼 들어가서 보시죠.”

미로슬라브가 어깨동무를 한 채 힘을 주어 병준을 안으로 끌고 들어갔다. 끌려가던 병준이 뒤를 돌아보며 멀리 보이는 별채를 보았다.

"서, 설마 나까지! 건아! 미안하다! 형은 이렇게 간다……. 크흐흑."

도살장에 끌려가는 소처럼 눈에 눈물을 그렁그렁 매달고 끌려가던 병준이 세 개의 문을 지나 계단을 내려갔다.

먼저 문을 연 미로슬라브가 고갯짓으로 안을 가리키자 참혹한 방 안의 광경을 예상한 병준이 인상을 잔뜩 쓰고 방 안으로 들어갔다. 방 가운데 수술대가 있었다.

두 명의 조직원이 피가 흥건한 수건을 치우고 있었고, 그들은 수술실에서나 쓰는 하얀 고무장갑을 끼고 있었다.

차마 수술대 위의 참혹한 현장을 볼 수 없었던 병준이 눈을 꼭 감아 버렸다.

"크흑! 어떻게 같은 인간이 이런 짓을!"

주위의 누구도 병준에게 말을 걸지 않자 병준이 실눈을 뜨고 수술대 위를 보았다. 조직원들이 열심히 치우고 있지만, 아직 흥건하게 피가 묻어 있는 수건이 어지럽게 놓여 있고 유난히 털이 많은 다리가 보였다. 아니, 털로 가득하다는 표현이 옳을 것 같았다.

"무슨 다리에 털이 저렇게 많아? 크흑."

병준의 시선이 다리를 따라 올라갔다. 갈색 털로 가득한 다리 위에 주둥이가 길고 검은 세퍼트의 얼굴이 보였다. 길고 빨간 탯줄이 세퍼트의 몸에서 뻗어 나와 있었고 메스를 든 조직원이 조심스럽게 탯줄을 자르고 있었다.

"개?"

그제야 완전히 눈을 뜬 병준이 수술대 위에 여섯 마리의 새끼를 핥아주고 있는 세퍼트를 보았다. 황당한 표정을 한 병준이 미로슬라브를 돌아보자 그가 피식 웃으며 다가왔다.

"무슨 오해를 하신 건지는 알겠습니다. 하핫."

병준의 등을 툭 친 미로슬라브가 눈도 못 뜬 강아지들을 내려다보며 말했다.

"우리는 천연가스 마피아입니다. 사업에 중요하게 연관되지 않는 일에 사람을 죽이지는 않으니 걱정하지 마십시오. 어제 집 주위의 파파라치들은 겁을 주어 내쫓았을 뿐입니다."

긴장이 풀린 병준이 바닥에 털썩 주저앉았다. 그 모습에 웃음을 보인 미로슬라브를 원망스러운 눈빛으로 올려다본 병준이 소리를 질렀다.

"놀랐잖아요! 어이구! 어이구."

"하하하하!"

지하실 안에 미로슬라브를 비롯한 조직원들의 웃음이 우렁차게 터져 나왔다.

♪♪♩

곤하게 잠들었던 키스카가 눈을 떴다.

요 며칠 악몽을 꾸지 않았기 때문일까? 창백했던 키스카의 볼에 홍조가 어려 있었고 처음 건을 만났을 때보다 훨씬 건강한 얼굴빛을 가진 키스카가 상체를 일으켜 눈을 비볐다.

매일 눈을 뜨자마자 달려 나가 버리는 키스카 덕에 일찍부터 침대 옆에 앉아서 키스카를 내려다보던 유모가 웃으며 말했다.

"일어났어요, 아가씨?"

키스카가 유모를 한번 쳐다보고는 침대에서 내려오려고 하자 유모가 이어폰을 내밀었다.

키스카가 유모가 내민 이어폰을 뚫어지게 보자 유모가 웃으며 말했다.

"케이가 아가씨에게 보내는 선물이래요. 음악을 들어보라고 하네요."

케이의 이름에 움찔거리며 반응을 한 키스카가 고사리 같은 손으로 이어폰을 잡고 귀에 꽂았다. 유모가 연결된 핸드폰으로 음악을 재생하자 키스카의 귀로 아름다운 기타 음이 들려오기 시작했다. 매일 그림을 그리고 놀고 있는 자신의 옆에

서 건이 치던 기타 소리와 같은 음이 연주되자 키스카가 눈을 동그랗게 떴다.

잠시 후 아름다운 건의 목소리가 흘러나오고 그 가사가 자신이 스케치북에 썼던 말임을 눈치챈 키스카가 놀란 눈으로 유모를 올려다보았다.

유모가 미소를 지으며 핸드폰 액정을 가리켰다.

“액정을 보실래요?”

침대 위에 놓인 핸드폰을 든 키스카가 액정에 떠오른 재생 중인 음악 정보를 보고는 눈을 크게 떴다.

[if I could change the world]

Composition by Kay.

Lyrics by Kiska Miočić.

여전히 표정은 없었지만, 액정에 떠오른 자기 이름을 몇 번이나 손으로 문질러 본 키스카의 입가가 실룩거렸다.

조금씩 입꼬리가 올라가던 키스카의 얼굴에 웃음이 번지자 유모가 경악한 표정을 지으며 자기 입을 막았다.

‘우…… 웃었어! 저, 저렇게 환하게!’

활짝 웃음을 지은 키스카가 침대에 앉은 채 두 손을 번쩍 들었다. 그 모습을 보던 유모의 눈 가득히 눈물이 그렁그렁 맺혔다.

금방이라도 떨어질 듯한 눈물을 뒤로 돌아 닦은 유모가 붉게 상기된 눈가를 문지르며 이어폰에서 울리는 음악을 들으며 행복한 얼굴을 하고 몸을 이리저리 흔들고 있는 키스카를 보았다.

'아가씨! 그래요, 그렇게 한 걸음씩, 그렇게 나아가면 돼요. 어쩜 장하기도 해라!'

음악을 듣고 있는 키스카를 보던 유모가 2층 창문 밖으로 멀리 보이는 별채를 보았다. 고요한 아침에 오랜만에 행복한 기분이 든 유모가 별채를 보며 조용히 고개를 살짝 숙였다.

'고맙습니다, 고맙습니다. 케이.'

음악을 다 들은 키스카가 이어폰을 귀에서 빼 유모에게 내밀었다. 감상에서 깬 유모가 웃으며 이어폰을 받아 들고 말했다.

"오늘은 뭘 입을까요, 아가씨? 케이는 하얀색을 좋아한다던데."

눈을 동그랗게 뜨고 한참 유모를 바라보던 키스카가 침대에서 뛰어내려 옷장을 뒤지기 시작했다. 서랍으로 기어들어 갈 듯 작은 엉덩이를 실룩거리며 옷을 찾아 뛰어 돌아오는 키스카의 손에 하얀 원피스가 들려 있었다.

◈ 4장 ◈

당신이 모르는 이야기

건이 레드 캐슬에 머문 것도 벌써 보름이 넘었다. 매일 아침 찾아오는 키스카와 건은 온종일 함께 놀며 교감을 쌓아갔고, 웃는 것을 시작으로 조금씩 감정을 표현하고 있는 딸의 변화를 보고 있던 그레고리도 입에서 웃음이 떠나지 않았다.

한적한 오후 키스카와 함께 간단한 샌드위치로 점심을 해결한 건에게 미로슬라브가 찾아왔다.

큰 덩치에 정장을 차려입은 미로슬라브를 본 건이 인사를 건넸다.

"미로슬라브. 안녕하세요?"

"안녕하십니까, 케이."

건이 미로슬라브가 서 있는 문가 뒤를 슬쩍 보며 물었다.

“무슨 일 있으세요? 들어 오세요.”

“아, 아닙니다. 그것이 아니라 전달 드릴 사항이 있어서 왔습니다.”

“네, 말씀하세요.”

“오늘 마피아 보스들 간의 회합이 있어 보스를 비롯해 경호인력들이 많이 빠집니다. 혹시 외출하실 일이 있으신가 해서요.”

건이 잠시 생각해 본 후 말했다.

“특별히 나갈 일은 없는 것 같아요.”

“아, 그럼 됐습니다. 오늘은 가급적 외출을 하지 않으셨으면 좋겠군요.”

“알겠습니다. 그렇게 할게요. 잘 다녀오세요.”

미로슬라브가 끝까지 정중함을 잃지 않고 밖으로 나가자 소파에 누워 뒹굴거리던 병준이 물었다.

“뭐래?”

건이 병준 옆에 앉으며 말했다.

“오늘 그레고리가 외출한대요. 경호인력이 많이 빠지니 외출을 하지 말아달라고 하네요.”

“아, 그래? 우리가 언제 외출을 했다고. 너 뮤직비디오 찍으러 나간 때 말고 밖에 나간 적 없잖아.”

“하하, 뭐 여기 있어도 딱히 답답하진 않으니까요.”

"답답할 게 없지 당연히! 집이 무슨 샌프란시스코 파크만 한데 뭐가 답답해? 밥 줘, 차 줘, 과자 줘, TV 보여줘. 그렇다고 월세를 달래? 이런 집이 어디 있냐, 거기다 보안도 철저하고 말이야. 마음 같아서는 그냥 여기 눌러살고 싶은데 정말 마피아 보스 집만 아니면……."

"형!"

병준이 건이 소리를 지르자 바닥에 엎드려 그림을 그리고 있는 키스카의 눈치를 보았다.

키스카는 별 관심이 없는지 열심히 무언가를 그리고 있었다.

화난 듯한 건의 표정을 살피던 병준이 기어들어 가는 목소리로 말했다.

"미, 미안……."

"키스카 앞에서 함부로 말하지 말아주세요. 아이라도 알 건 다 안다고요."

"아, 알았다."

건이 눈을 흘기며 병준을 보고 있는 도중 밖이 소란스러워졌다. 고개를 갸웃한 건이 별채 문을 열자 검은 차들이 연기를 내며 집으로 들어오는 것이 보였다.

차가 완전히 멈추기도 전에 차에서 뛰어내린 미로슬라브가 연기가 나고 있는 차의 뒷문을 열었다. 건의 눈에 차 옆면에 난

흠집들이 들어왔다. 건을 따라 나온 병준이 놀라며 외쳤다.

"뭐, 뭐야! 저거 총알 자국 아니야?"

"예? 초, 총알 자국이요?"

"헉! 미로슬라브가 부축하고 내리는 사람! 그레고리잖아!"

병준의 말처럼 급하게 뒷문 안으로 들어가 누군가를 부축해 나온 미로슬라브의 팔에 창백한 얼굴의 그레고리가 발을 질질 끌며 나오는 것이 보이자 건이 다급히 말했다.

"형! 키스카를 맡아줘요!"

대답도 듣지 않고 쏜살같이 달려 미로슬라브 앞에 당도한 건이 숨을 헐떡이며 외쳤다.

"미로슬라브! 어떻게 된 거예요? 그레고리, 그레고리!"

그레고리가 창백한 얼굴에 땀이 송골송골 맺힌 채 검지를 입 위에 가져다 댔다.

별채를 눈짓한 그레고리를 보던 건이 목소리를 낮췄다.

"키스카는 병준 형이랑 있어요. 어떻게 된 거예요?"

힘없는 미소를 보인 그레고리가 가래 끓는 목소리로 말했다.

"들어가서 이야기하지. 미로슬라브, 올라가세."

매일 그레고리가 있던 서재가 아닌 3층의 침실로 그레고리를 부축하며 데려간 미로슬라브가 침대 위에 그를 눕혔다. 걱정스러운 눈으로 그를 보고 있던 건이 물었다.

"어떻게 된 거예요, 미로슬라브?"

미로슬라브가 그레고리를 옮기느라 이마에 맺힌 땀을 닦으며 말했다.

"보스 간 회합에 대한 정보가 샌 것 같습니다. 레드 캐슬을 벗어나자마자 누군가에게 공격을 받았습니다."

건이 놀란 표정으로 언성을 높였다.

"네? 공격이라니요! 그레고리는 어떤 상태인 거예요, 그럼?"

창백한 얼굴로 숨을 몰아쉬고 있는 그레고리를 걱정스러운 눈으로 보고 있는 미로슬라브가 고개를 저으며 말했다.

"걱정 안 해도 됩니다. 왼쪽 복부에 총을 맞긴 했는데 옆구리 가까운 곳으로 관통해서 생명에는 지장이 없을 겁니다. 곧 의사가 올 거고요."

"초, 총이라니요! 총을 맞았다고요?"

그레고리가 한숨을 내쉬며 말했다.

"이동 차량이 모두 방탄 소재였지만 시가를 피우다 창문을 열었던 것이 화근이었습니다."

건이 놀란 얼굴로 침대에 누운 그레고리를 보다가 미로슬라브의 팔에도 피가 보이는 것을 보고 외쳤다.

"미로슬라브! 당신도 맞은 건가요? 팔에 피가 보여요!"

미로슬라브가 힐끗 자신의 팔을 보더니 피식 웃었다.

"그냥 스친 겁니다. 걱정 마세요."

"그래도 제대로 치료는 받아야죠!"

"네, 받겠습니다. 소리를 낮춰주세요. 보스께 방해가 됩니다."

건이 자신의 실수를 깨닫고 입을 다물자 침대에 누운 그레고리가 힘없는 목소리로 말했다.

"케이, 잠시 이리 와보게."

건이 황급히 그레고리에게 다가가자 베개를 구겨 목 뒤에 끼운 그레고리가 건의 손을 잡고 말했다.

"부탁 하나만 하세."

"네, 뭐든 말씀하세요, 그레고리."

"내가 키스카에게 못난 아비인 것은 맞네. 내 직업이 이런 것이라는 것 자체가 아이에게 피해를 주는 것이겠지. 그런데 이 못난 아비가 단 하나 매일 딸에게 해주는 것이 하나 있어."

건이 조용히 그레고리의 말을 듣고 있자 힘없이 웃음을 지은 그가 말했다.

"내 딸은 아주 오랜 시간 동안 매일 밤 악몽을 꾸어왔네. 꿈속에서의 일은 나도 어찌할 수 없지만 잠이 드는 순간까지는 내가 보살피고 싶었네. 그래서 매일 밤 키스카가 잠들 때까지 동화책을 읽어주었다네. 지금 나로서는 그 일을 해줄 수 없을 것 같은데, 며칠만이라도 자네가 대신해 주겠나? 키스카는 별채에서 재워도 좋네."

"네, 그럼요. 별로 힘든 일도 아닌데요. 제가 할게요, 그레고리. 치료나 잘 받으세요."

"허허, 그래 고맙네. 자네만 믿지."

똑똑

노크 소리에 미로슬라브가 문을 열고 러시아어로 잠시 대화하는 소리가 들렸다.

건이 가만히 문 쪽을 보고 있자 문 뒤에서 미로슬라브가 고개를 빼며 말했다.

"보스. 의사가 왔습니다."

"그래, 들여보내. 케이, 자네도 가서 쉬게."

"네, 치료 잘 받으세요, 자주 보러 올게요."

"허허, 고맙네."

잠시 그레고리의 손을 꼭 잡아 준 건이 방으로 들어오는 의사를 스쳐 나갔다.

방에서 나온 건을 본 의사의 눈이 커지자 미로슬라브가 의사를 노려보더니 조용히 손가락을 입에 올렸다. 겁먹은 듯한 표정의 의사가 정신없이 고개를 끄덕인 후 황급히 그레고리에게 다가가 치료를 하기 시작했다.

걱정이 가득한 표정으로 돌아온 건이 별채 앞을 서성거리고 있는 병준에게 다가가자 그가 다급히 물었다.

"뭐야? 다쳤어?"

"네, 그레고리는 배에 관통상을, 미로슬라브는 팔을 스치는 상처를 입었어요. 둘 다 생명에는 지장이 없고요."

"휴, 그나마 다행이다."

"형, 키스카는 몰라야 돼요. 며칠은 우리랑 함께 자는 걸로 해요."

"음……. 그건…… 키스카가 더 좋아할지도 모르겠다."

"예?"

"아, 아니야. 그냥 그렇다고. 들어가자."

♪♪♩

워싱턴 백악관 대통령 집무실.

쾅!

주먹으로 책상을 내려친 헤럴드 윈스턴 대통령이 앞에 선 수석 비서관에게 고함을 쳤다.

"총격전이라니! 케이는! 케이는 어떻게 됐습니까?"

수석 비서관이 차분한 표정으로 답했다.

"그레고리 미오치치가 탄 차량이 공격받은 것입니다. 그 시간 케이는 레드 캐슬에 있었습니다."

케이가 무사하다는 소식을 들어 안심이 된 헤럴드가 안도의 한숨을 내쉬었다. 잠시 턱을 쓰다듬은 그가 한참 생각에 잠긴 듯하다 물었다.

"케이를 그곳에서 빼 올 방법은 없습니까?"

"케이가 자진해서 들어간 것입니다. 강제로 끌고 갔거나 감금하고 있는 것으로 보이지 않습니다."

"너무 위험하지 않소? 그레고리 미오치치가 일반인을 괴롭히는 마피아가 아니라 해도 그를 둘러싼 환경이 너무 위험해요. 안 그렇습니까? 총격을 가한 상대는 누굽니까?"

수석 비서관이 옆구리에 끼고 있던 서류철을 내밀었다.

"아우렐 마브라이 47세. 알바니아 마피아의 새로운 보스입니다. 3일 전 비밀리에 입국한 그의 지시로 공격이 진행된 것으로 추정하고 있습니다."

수석 비서관이 넘긴 서류철에서 아우렐 마브라이의 사진을 보던 헤럴드가 물었다.

"처음 보는 자군요? 예전에 보여준 알바니아 마피아 보스와는 다르게 생긴 것 같은데, 내가 잘못 본 것입니까?"

"정확히 보신 겁니다. 그때 보고 드렸던 자는 린드로 베리샤라는 인물로 1년 전 그레고리 미오치치에 의해 살해당한 것으로 추정하고 있습니다."

"살해요? 그런데 왜 체포하지 않고 있습니까?"

"본인이 직접 한 것이라는 증거는 찾을 수 없었습니다. 살해 역시 추정이며 공식적으로는 실종으로 기록되어 있습니다. 시체를 찾지 못했으니까요."

"음…… 알바니아계와 레드 마피아간 전쟁은 이미 끝난 것이 아니었습니까?"

"그렇게 보고 드린 바 있습니다만, 아우렐이 입국하며 새로운 국면으로 바뀔 가능성이 농후합니다."

잠시 아우렐의 사진에 시선을 고정하며 미간을 매만진 헤럴드가 서류철을 테이블 위에 올리며 말했다.

"현 시간부로 아우렐 마브라이의 위치 확인 및 감시 등급을 상향하도록 하세요. 그레고리 미오치치를 건드릴 수 있는 명분이 없다면 반대로 아우렐 쪽을 압박해 분쟁이 없도록 하는 방향으로 진행합시다. 위법한 행위가 하나라도 나오면 바로 체포하시기 바랍니다."

수석 비서관이 진중한 표정으로 헤럴드 대통령을 내려다보며 말했다.

"단지 뮤지션일 뿐입니다. 미국 국민도 아니고요, 왜 이렇게 신경을 쓰십니까? 단순히 한 명의 팬으로써라면 국력 낭비라는 말을 피할 수 없을 겁니다."

헤럴드가 눈썹을 꿈틀하며 수석비서관을 올려다보았다. 잠시 그를 노려보던 헤럴드가 한숨을 내쉬었다.

"케이가 단순히 한 명의 뮤지션으로 보입니까? 그것 당신의 착각입니다. 그는 세계인의 보물이에요. 그런 그가 이 미국 땅에서 마피아와의 전쟁에 휘말려 다치거나, 혹은 목숨을 잃는다면 국제적인 망신입니다. 더 나아가 그에게 호의를 가지고 있는 힌두 계열 나라와의 외교에도 문제가 발생할 수 있습니다. 수석 비서관은 이 사안을 국가적 사안으로 보고 일을 처리해 주세요. 부탁합니다."

잠시 진중한 눈으로 헤럴드를 내려다보던 수석 비서관이 서류철을 옆구리에 끼고 고개를 숙였다.

"잘 알겠습니다. CIA 미첼 국장을 연결하겠습니다."

수석 비서관이 나가고 혼자 남겨진 해럴드가 대통령 집무실의 책상 위에 놓인 아우렐 마브라이의 사진을 노려보았다. 사진 속 아우렐이 헤럴드를 마주 노려보고 있는 듯했다.

오 일이 지났지만, 그레고리는 여전히 거동이 불편했다. 다행히 그의 침실에서 이루어진 수술은 잘 끝났고, 미로슬라브도 찢어진 팔을 봉합 후 붕대를 감고 위에 옷을 입어 키스카가 부상을 눈치채지 못하게 하고 있었다.

그동안 매일 밤 키스카를 자신의 침대로 데려와 재워주고 자신은 병준과 한 침대를 쓰고 있는 건이었다. 육 일째 되던 날, 여느 날과 같이 시간을 보낸 건이 귀여운 토끼 모양 잠옷을 입고 침대에 앉아 기다리고 있는 키스카에게 웃으며 다가갔다.

"키스카 오늘은 무슨 책을 읽어줄까?"

키스카가 귀여운 눈망울을 깜박거리며 건을 올려다보자 건이 침상 곁에 둔 의자에 앉았다.

"오늘은…… 읽어줄 책이 다 떨어졌네. 옛날이야기 해줄까?"

건이 키스카의 머리카락을 매만져 주며 이야기를 시작했다.

"어느 마을에 한 부자가 살았는데, 그는 욕심이 많고 구두쇠로 소문이 나서 마을 사람들 사이에서 평판이 안 좋았대. 어느 날 부자가 지혜롭기로 소문난 노인을 찾아가 물었어."

'어르신, 마을 사람들에게 제가 죽은 뒤에 전 재산을 불쌍한 이웃들에게 나눠주겠다고 약속을 했는데도 사람들은 아직도 저를 구두쇠라고 하면서 미워하고 있는데, 어떻게 해야겠습니까?'

키스카가 흥미가 돋는 표정으로 건을 보고 있자, 건이 소녀의 정수리를 매만져 주며 말했다.

"노인은 부자의 물음에 이런 이야기를 들려주었어."

'어느 마을에 돼지가 젖소를 찾아가 하소연을 했다네. 너는 우유만 주는데도 사람들의 귀여움을 받는데, 나는 내 목숨을 바쳐 모든 것을 다 사람들에게 주는데도 왜 나를 좋아하지 않는 거지?'

"그러자 가만히 듣고 있던 젖소가 돼지에게 대답하기를."

'나는 비록 작은 것일지라도 살아 있는 동안 해주지만, 너는 죽은 뒤에 해주기 때문일 거야.'

건이 조용하고 나직한 목소리로 이야기를 계속하자 조금 졸린 듯한 표정을 짓는 키스카와 눈을 맞추며 이야기를 이어 나갔다.

"이야기를 듣고 있던 부자를 쳐다보면서 노인이 다시 말했대."

'지금 작은 일을 하는 것이 나중에 큰일을 하는 것보다 더 소중하네. 작고 하찮은 일이라도 지금부터 하나씩 해나가는 사람만이 나중에 큰일을 할 수 있는 것이라네.'

"우리 키스카도 작은 일이라도 하나씩 해나가는 사람이 될 수 있지?"

키스카가 졸린 눈을 깜박거리자 미소를 지은 건이 짧은 자장가를 불러주며 머리를 쓰다듬어 주었다. 아직 어린아이라 금세 잠이 든 키스카는 잠시 후 새근거리며 깊은숨을 쉬기 시작했다. 키스카가 완전히 잠든 것을 확인한 건이 살금살금 일어나 방 밖으로 나왔다.

문소리가 나지 않게 살짝 문을 닫은 건이 병준의 방으로 향해 문을 열자 팬티 바람의 병준이 침대에 누워 핸드폰을 보고 있는 것이 보였다.

"아, 형. 바지 좀 입어요. 집에 키스카도 있는데 정말."

병준이 이불로 하체를 가리며 웃었다.

"난 이게 편해 이놈아. 야 좀 앉아 봐라."

건이 침대에 앉아 병준 옆에 기대자 병준이 핸드폰을 보여주며 히죽 웃었다.

"오늘이 너 싱글 발표한 지 딱 일주일 째 되는 날인 거 알지?"

"벌써 그렇게 됐나요? 집에서 나가질 않으니 날짜 개념이 없어지네요."

"그래, 뭐 나도 마찬가지다. 하여간 이거 봐라. 너 빌보드 HOT 100, 11위 진입했어, 그것도 첫 주에 바로 말이야. 여기 순위 앞에 'New' 마크 보이지? 진입하자마자 11위인 거야. 자식아!"

병준이 잘했다는 듯 건의 어깨를 쳤다. 건이 아프다는 표정을 지었지만 이내 웃으며 말했다.

"반응이 좋아서 다행이네요. 하하."

병준이 핸드폰을 아래로 밀며 말을 이었다.

"너 한국 쪽 실시간 차트도 일주일간 한 번도 안 떨어지고 1위야, 주간 차트도 당연히 1위고, 중국 바이두 차트, 일본 오리콘 차트, 영국 일렉트로닉 차트도 모조리 씹어 먹고 있다."

"하핫, 키스카 덕이죠, 뭐."

병준이 핸드폰을 침대 한쪽으로 던져두고 말했다.

"너 인터뷰 요청 엄청 들어오고 있는 거 알아? 계속 이렇게 숨어 지낼 순 없어."

건이 눈을 동그랗게 뜨고 물었다.

"숨어 지내요? 누가요?"

"너 인마."

"저 숨어 지내지 않았는데요, 인터뷰 요청 오면 스케줄 잡아주세요, 하면 되지 왜 숨어요?"

"인마, 너 여기서 안 나가잖아. 기자들 보고 마피아 보스 집으로 와서 인터뷰하라고 하냐?"

"아…… 그래서 그랬구나. 잠깐 외출하면 되죠. 잡아주세요. 괜히 막다가 나중에 더 큰 일 만들지 마시고."

"그래? 음…… 알았다. 그런데 나갈 때 키스카는 어쩌지?"

건이 잠시 고민스러운 표정을 짓자, 병준이 말했다.

"유모가 키스카 데리고 목욕하는 시간이 오후 두 시 즈음이었지?"

"그때쯤이죠, 보통."

"그럼 두 시 반 이후로 잡을 테니까 그때 키스카 몰래 빠져나가자. 어때?"

"음…… 키스카가 목욕 끝나고 제가 없으면 찾을 텐데……."

"그럼 어떡하냐, 인마. 자기 떼놓고 어디 못 가게 하는 아이인데."

"음…… 언제로 잡으시려고요?"

"기자들 24시간 대기 상태야. 말만 하면 당장 내일도 가능해."

"그럼 내일 잡아주세요. 한 시간 정도만 하면 되는 거죠?"

"내일 바로? 알았어!"

병준이 벌떡 일어나 전화기를 붙잡고 메일을 보내기 시작했다. 그 모습을 본 건이 피식 웃으며 샤워실로 향하다 방문이 살짝 열려 있는 것을 보고는 문 앞으로 가 밀어서 꼭 닫았다.

불이 꺼진 거실, 닫힌 문 앞에 조그만 인영이 우두커니 서 있었다. 닫혀 버린 방문 앞에서 고개를 숙이고 한쪽 발을 들어 바닥을 콕콕 찧어대던 키스카가 자기 방으로 쪼르르 뛰어 들어 갔다.

다음 날 아침부터 키스카와 정원 산책을 하던 건이 간단히 점심을 먹은 후 입을 닦으며 유모에게 물었다.

"키스카 데려가실 거죠? 목욕 시간인데."

유모가 아이스크림을 입에 바르다시피 먹고 있는 키스카를 보고 웃으며 말했다.

"오늘도 저 지경인데 당연히 해야죠. 지금 데려가도 될까요?"

"네, 그럼요."

"그럴게요, 자, 아가씨? 에그 또 온통 아이스크림을 묻혀가며 드시네. 이걸 어째. 가요, 목욕해야겠어요."

키스카가 유모의 손을 잡고 2층의 목욕실로 올라가다가 힐끗 식사를 마치고 커피를 마시고 있는 건과 병준을 보았다. 병준은 키스카의 눈치를 보고 있다가 소녀와 눈이 마주치자 화들짝 놀라며 딴청을 피웠다.

키스카가 유모와 함께 계단으로 올라가자 병준이 벌떡 일어나며 말했다.

"가자!"

병준과 건이 빠르게 본채를 벗어나 차에 타려 하자 앞에 대기하고 있던 미로슬라브가 기다렸다는 듯이 말했다.

"케이, 보스가 잠시만 들렀다가 가시랍니다."

"아, 그래요? 알겠습니다."

병준이 다급하게 말했다.

"키스카가 나오기 전에 끝나죠?"

"네, 잠시 전할 말씀이 있다고 하셨으니 곧 끝날 겁니다."

병준을 차에 둔 건이 미로슬라브와 함께 그레고리의 침실로 가자 침대에 반쯤 몸을 일으켜 세우고 시가에 불을 붙이는 그레고리를 볼 수 있었다.

"그레고리! 수술한 지 며칠이나 지났다고 벌써 시가를 피우세요?"

건이 잔소리를 하자 피식 웃은 그레고리가 연기를 뿜으며 말했다.

"그 이야기는 유모한테 질리도록 들으니 자네까지 그러지 말게. 오늘 외출한다고?"

건이 그의 침대 옆에 살짝 앉으며 말했다.

"네, 인터뷰가 있어서요."

"그런데 정말 경호 없이 가야겠나?"

"기자들 수백 명을 만나는 자리예요, 그레고리. 조직원들을 데리고 갈 순 없잖아요."

"정장을 깔끔하게 입혀도 안 되겠나?"

건이 황당한 눈으로 침대 옆에 서서 깍지를 끼고 있는 미로슬라브를 보자, 그레고리가 고개를 돌려 미로슬라브의 위아래를 훑어본 후 실소를 흘렸다.

"정장을 입혀봐야 티는 나겠군. 그럼 자네 경호는 누가 하나?"

"회사에서 계약한 보안 업체에서 열 명가량을 보내주기로 했어요. 기자회견장에 도착하면 대기하고 있을 거라고 하더라고요."

"음…… 알았네. 혹시 무슨 일이 있으면 바로 전화 주시게. 키스카는 따라가겠다고 떼쓰지 않던가?"

"유모랑 목욕하러 갔어요. 몰래 다녀올 생각이에요."

"허허, 키스카가 나오면 한바탕 난리를 치겠군. 알았네, 어서 가보게."

"네, 오늘도 치료 잘 받으시고, 시가는 그만 끄세요."

잠시 그레고리와 대화를 나눈 건이 뛰어 내려와 차에 올랐다. 차에 대기하고 있던 병준이 창문을 열고 조직원 중 가장 멀쩡하게 생겼다는 이유로 뽑힌 말단 조직원에게 손짓하자, 그가 차에 올라타 차량을 출발시켰다.

정원을 가로지른 차가 미리 연락받은 조직원이 열어둔 정문을 지나 레드 캐슬을 빠져나갔다. 오랜만에 한 대의 차만 빠져나가고 닫힌 레드 캐슬의 문 앞으로 총기를 소지한 조직원들이 다시 삼엄한 경계를 펼치기 시작했다.

오랜만에 쐬어보는 바깥 공기가 신선했던지 창문을 열고 바람을 느끼던 병준이 옆에 앉은 건을 돌아보았다.

"어젯밤에 갑자기 공지한 거라고는 하지만 대기하고 있던 기자가 많아서 엄청 몰릴 거야. 아침에 이사님과 통화했는데, 보안 업체에 추가 계약을 해서 총 서른 명 정도의 인력이 올 거니까 걱정 말고."

건이 씩 웃으며 고개를 끄덕였다.

"안 그래도 열 명이라고 해서 살짝 걱정됐었는데 다행이네요. 그나저나 오랜만에 차 한 대만 단출하게 가니까 기분이 이상하네요, 하하, 뭔가 자유롭기도 한데 또 한편으로는 뭔가 빠진 것 같기도 하고."

건이 탄 차가 브루클린 시내로 접어들어 도로를 지나가고 난 후 건물 사이의 골목에서 세 대의 차가 빠르게 튀어나와 건의 차를 따라붙었다.

오래된 하늘색 캐딜락에 탄 험상궂은 인상의 남자들이 차 앞 유리에 붙어 눈을 크게 뜨고 건의 차를 관찰했다. 그중 턱수염으로 얼굴의 반이 가득한 남자가 조수석에서 차를 관찰하다가 뒤를 돌아보며 말했다.

"보스. 레드 캐슬에서 나온 차이긴 한데, 누가 탔는지는 알 수 없습니다."

뒷좌석에 앉아 글록 19를 분리하여 수건으로 닦고 있던 남자가 고개를 살짝 숙여 앞 유리로 보이는 건의 차를 보았다.

"일단 따라가. 미오치치라면 금상첨화겠지만, 그놈이 혼자 저렇게 돌아다닐 리는 없지. 중간 보스 이상급이면 처리한다."

"예, 보스."

건의 차를 뒤쫓는 세 대의 차량이 시내 사거리를 빠르게 스치고 지나가자 불법 주차되어 있던 길 양쪽의 차 중 열 대가 넘는 차량이 일제히 움직였다.

그중 한 대의 차량에 탄 남자가 운전 중 한 손으로 무전기를 잡고 외쳤다.

"여기는 알파. 병아리 뒤에 뱀이 붙었다……. 반복한다, 병아리 뒤에 뱀이 붙었다."

CIA의 차량들이 계속 합류하며 뒤를 쫓았고, 이 사실을 꿈에도 모르는 병준과 건은 그저 인터뷰장에서 발표할 내용에 대해 미리 논의하느라 여념이 없었다.

그리고 차의 트렁크에 몰래 숨은 조그만 인영이 차가 멈춰서면 건을 놀래주기 위해 미소를 지으며 가슴을 콩닥대며 숨을 죽이고 있었다.

레드 캐슬 목욕탕에서 휘파람을 불며 목욕물에 거품제를 넣고 휘휘 저은 후 키스카를 찾는 유모의 소리가 여기저기 울려 퍼졌다.

"아가씨! 아가씨? 또 어딜 가신 거야?"

♪♪♩

기자회견을 위해 링컨센터를 대여한 팡타지오는 병준과 계속 통화를 주고받으며 동선을 체크 했다. 그런 팡타지오 직원들을 힐끔거리며 카메라와 마이크를 들고 기자회견장 입구에서 기다리는 기자들은 대략 육백 명이 넘는 수였다.

건의 입장 모습을 카메라에 담기 위해 함께 온 기자 중 기사를 쓰는 기자만 회견장에 남기고 모조리 밖에서 건을 기다리고 있던 기자들이 사방을 두리번대며 신경을 집중했다.

잠시 후 이미 기자들에게 얼굴이 알려진 손린이 회견장 입구로 걸어 나오자 직감적으로 건이 곧 도착한다는 것을 눈치챈 기자들이 몸싸움을 하며 좋은 자리를 잡기 시작했다.

"아! 좀 밀지 말아요!"

"자리 전세 냈어요? 자리야 잡는 놈이 임자지!"

"뭐요? 매너 좀 지켜요, 어느 신문사에요?"

"파리 에클레이어 신문사요! 댁은 어디쇼?"

"CNV예요. 남의 나라 와서 취재하려면 적어도 매너는 지키셔야지!"

"어이고, 케이는 미국 국민도 아니구먼, 어디서 자국인 취급

이래?"

"뭐요? 말 다 했어요?"

"다했소! 뭐 어쩌시려고?"

기자들이 소란을 피우며 싸우기 시작할 때쯤 회견장 안에서 약 스무 명의 보안 요원들이 우르르 뛰어나와 붉은색 라인을 치기 시작했다.

앞으로 나온 기자들을 뒤로 밀어낸 보안 요원들이 몇 미터 간격으로 자리를 잡자 가운데 길로 손린이 걸어 나왔다.

당당한 걸음으로 보도블록까지 걸어 나온 손린의 고개가 오른쪽으로 돌려지자 기다리고 있던 기자들의 고개도 일제히 한 방향으로 돌려졌다.

모두가 숨을 죽이고 몇 초간 한 방향을 보고 있는 중 웨스트 63번가에서 우회전해 콜럼버스 애비뉴로 들어오던 검은 캐딜락이 링컨 센터 앞에서 유턴을 해 손린이 선 자리에 정확히 정차했다.

카메라를 든 기자들이 긴장하며 카메라를 들고 차에서 내리는 사람에게 연신 플래시를 터뜨렸지만, 곧 기자들은 고함을 질러야만 했다.

"뭐야, 저 사람은!"

"비켜요! 필름 아깝게 뭐 하는 거야? 우리 신문사는 필름만 쓴다고!"

"누구야, 저 시커먼 사람은! 케이는 어디 갔어요?"

차에서 내려 자신에게 쏟아지는 플래시를 어리둥절한 표정으로 보던 병준이 어색한 웃음을 흘리며 뒤통수를 긁었다.

병준이 차 문에서 비켜서자 안쪽에 있던 건이 한 발을 밖으로 내밀었다. 길게 뻗은 다리만으로 건임을 안 기자들의 플래시가 쉬지 않고 터졌다.

미소 띤 얼굴이었지만 심각한 수준으로 터지는 플래시 덕에 살짝 미간을 찌푸린 건이 손을 들어 인사했다.

"안녕하세요, 여러분!"

건의 인사가 나오자마자 카메라 대신 마이크들이 라인 밖에서 내밀어졌다. 언뜻 보아도 수십 개는 되는 듯한 마이크가 건 쪽으로 내밀어지자 손으로 마이크를 치운 손린이 건의 귀에 속삭였다.

"아무런 말하지 말고 웃으며 손이나 흔들어줘요. 여기서 말해봐야 회견장에서 똑같은 질문에 또 답해야 하니까요."

살짝 고개를 끄덕인 건이 기자들이 고함을 치며 내민 마이크를 못 본 체하며 손을 흔들었다. 기자들이 포기하지 않고 건의 이름을 외쳤다.

"케이! 한마디만 해주세요!"

"케이! 케이! 디지털 싱글 발매 첫 주에 빌보드 11위를 하셨는데, 기분이 어떠십니까? 케이, 케이!"

"상승 지표로 예상했을 때 차주에는 10위 안쪽으로 진입할 것으로 보입니다! 어떻게 생각하십니까?"

"케이! 한국에서 온 기자입니다! 한국 팬들에게 한 말씀만 부탁드려요!"

익숙한 한국어가 들리자 어깨를 움찔한 건이었지만 그가 여리고 배려심이 깊은 사람이라는 것을 미리 알고 있던 린이 재빨리 건의 팔짱을 끼고 속삭였다.

"지금 답해주면 여기 기자들 다 달려들어요. 빨리 들어가요."

돌아보고 싶은 마음이 굴뚝같았지만 린의 말에 살짝 고개를 끄덕인 건이 기자들을 일별하고 회견장으로 들어갔다.

남겨진 기자들이 아우성치며 소리를 고래고래 질렀지만, 기자회견장으로 들어간 건은 다시 나오지 않았다. 포기한 기자들이 여기저기 흩어질 때쯤 건의 차를 쫓던 하늘색 캐딜락이 링컨 센터 맞은편에 섰다.

창문을 연 알바니아계 남자가 핸들에 한 손을 올리고 기자들을 빤히 쳐다보며 말했다.

"뭘까요? 저 차 분명히 레드 캐슬에서 나왔는데, 요새 러시아 놈들은 연예인 데리고 사는 게 취미인가? 기자들 숫자를 보니 인기도 엄청난 놈인 것 같은데."

뒷자리에서 글록19를 창문에 대고 기자들을 노려보고 있던 아우렐이 혀를 차며 말했다.

"쓸데없는 관심 끊고 차에 남은 놈이나 확인해."

차에 있던 남자들이 모두 왼쪽 창문에 붙어 캐딜락을 보고 있자, 곧 운전석에서 내리는 남자를 볼 수 있었다.

"저놈. 그레고리 쪽 조직원 맞는데요? 그런데 저놈은 브루클린 뒷골목에서 자주 보던 놈인데, 저거 중간 보스 아닙니다. 운전이나 하는 말단이에요."

아우렐이 창문을 권총으로 툭 치며 짜증 난다는 표정을 지었다.

"제기랄 헛걸음이군. 어차피 저 기자들 가운데서 총을 갈기는 건 말도 안 되니 오늘은 돌아가자."

"예, 보스. 어어?"

차를 돌리려 운전대를 잡던 남자가 의아한 눈으로 창밖을 보았다.

"왠 꼬마가 트렁크에서…… 어! 어? 저, 저거!"

"왜? 뭔데 그래?"

사내가 가리키는 곳으로 고개를 돌린 아우렐이 트렁크를 열고 주위 눈치를 보며 기어 나오고 있는 예쁜 꼬마를 보며 고개를 갸웃했다.

"요새 연예인은 뒤 트렁크에 꼬마도 싣고 다니나? 이상한 취미로군."

운전석에 앉은 남자가 창문에 손가락질하며 외쳤다.

"키, 키스카! 키스카 미오치치! 그레고리의 딸입니다! 보스!"

"뭐, 뭐야?"

정신이 번쩍 든 아우렐이 좌석에서 등을 떼고 창문에 바싹 붙었다. 앙증맞게 귀여운 꼬마 아가씨가 하얀 원피스에 검은색 떡볶이 코트를 입고 트렁크에서 내려와 차 뒤에 숨더니 앞좌석 쪽에 서 있는 조직원의 눈치를 보다가 기자들 사이로 숨어들었다.

꼬마가 기자들 사이를 빠져나가 기자회견장으로 가고 있는 것을 본 아우렐이 금니가 가득한 이를 드러내며 권총을 들어 장전했다.

"이거, 중간 보스 처리하는 것보다 훨씬 대어가 걸렸군. 저 꼬마가 그레고리가 그리 애지중지한다는 키스카로군? 좋아, 납치한다."

운전석에 있던 남자가 고개를 획 돌리며 말했다.

"예? 기자들이 저렇게 많은데 말입니까?"

퍽.

아우렐이 글록19의 탄창 부분으로 사내의 머리를 치며 말했다.

"미친 자식아, 생각을 좀 해라. 여기서 어떻게 납치하냐? 이따 돌아갈 때 따라붙어야지. 대가리는 뭐하러 달고 다니는 거야? 뒤차 애들한테 전파하고 준비해."

이마를 맞은 사내가 빨갛게 달아오른 이마를 만지며 뒤차 동료들을 확인하러 차에서 내리자 키스카가 사라진 기자회견장 입구를 보던 아우렐이 글록19의 안전장치를 여닫으며 눈을 부라렸다.

'그레고리 미오치치. 뉴욕에 레드 마피아의 구역은 없다!'

한편 링컨 센터의 왼편 웨스트 65번가에는 검은 승용차들이 끊임없이 몰려들어 길 한쪽에 주차하기 시작했다.

처음 두 세대뿐이었던 차는 10여 분만에 이십 대가 넘어갔다. 많은 차가 모여들어 길가에 정차하고 있지만, 차에서는 그 누구도 내리지 않았다. 그중 링컨 센터로 우회전하는 길의 가장 앞에 선 차에 탄 정장 차림의 흑인이 룸미러로 뒤에 주차하고 있는 차들을 살피며 무전기를 들었다.

"치직, 6번, 7번 차량은 지하 주차장으로 들어간다. 8번, 9번, 10번은 링컨 센터를 크게 한 바퀴 돌며 동향 보고해. 2분 간격으로 한 대씩 출발한다. 긴장해, 상대는 알바니아 마피아 보스다."

무전기를 내려놓고 긴장한 눈을 하고 있는 남자의 옆에 놓인 전화기가 진동을 울렸다. 전화기를 힐끔 본 남자가 밖으로 시선을 고정한 채 손을 뻗어 전화기를 들었다.

"예, 로버트입니다. 미첼 국장님."

"에어리어 확보되었나?"

"예, 확보되었습니다."

"상대 숫자는?"

"차량 세 대, 최대 열 명입니다."

"무장은?"

"기관총은 없어 보입니다만, 확실하지 않습니다. 관측된 것은 권총뿐입니다."

"필요하면 S.W.A.T에 지원 요청해 줄 테니 바로 연락하도록."

"네, 알겠습니다."

"대통령의 지시다. 케이에게 털끝만 한 상처도 허락하지 않는다. 또한, 그가 모르게 처리하는 것이 가장 좋다."

"하지만 국장님. 지금 그놈들은 기자들 몇백 명이 모인 곳에 잠복하고 있습니다. 미리 처리하기는 쉽지 않습니다."

"그럼 이후 이동할 때 기회를 봐서 처리해."

"알겠습니다. 또 보고 드리겠습니다."

전화기를 내려놓은 로버트가 다시 무전기를 들었다.

"14호, 15호, 16호, 17호 차. 레드 캐슬로 돌아가는 길목에 잠복하라."

룸미러로 뒤에 주차되어 있던 차 중 네 대가 빠르게 움직여 자신의 옆을 스쳐 지나가는 것을 본 로버트가 한숨을 지었다.

"케이가 모르게 처리하란 말이지…… 으음."

♪♪♩

회견이 시작된 지 약 15분이 지나고, 빌보드 11위에 단번에 진입한 것에 대한 기분과 유튜브의 최단기간 조회 수 돌파에 대한 질문이 이어졌고, 건은 차분히 기쁜 심경을 이야기했다.

여러 질문이 오갔음에도 기자들은 여전히 소란스럽게 손을 들며 건에게 발언 기회를 얻으려 노력했다. 열심히 펜을 쥔 손을 높게 들고 있는 한 기자가 린에 의해 발언권을 부여받자 앉은 자리에서 고개를 길게 빼고는 큰 소리로 질문을 던졌다.

"이번 'If I could change the world'에서 작사가 명이 케이가 아니었습니다. 키스카 미오치치는 어떤 분입니까?"

린이 올 것이 왔다는 표정으로 건을 보며 고개를 끄덕이자 숨을 한번 고른 건이 마이크에 입을 대고 차분한 목소리로 말했다.

"제게 이번 곡의 영감을 준 사람이고, 슬픈 사람이며, 또 사랑스러운 사람이기도 합니다."

애매한 답을 하는 건의 말을 받아 적고 있던 기자들이 인상을 썼다. 다시 한번 발언권을 얻게 된 또 다른 기자가 연이어 질문했다.

"키스카 미오치치는 러시아계 이름 같은데, 여자분이신가요?"

"네, 맞습니다."

기자들이 소란스러워졌다. 분명 건이 사랑스러운 사람이라는 발언을 했던 작사가가 여자라는 것은 충분히 특종기사가 될 만했기 때문이었다.

키스카에 대한 질문이 몇 가지 더 나왔지만 확실한 답을 하지 않는 건을 본 기자들이 남은 기자회견 시간을 체크한 후 다음 질문으로 화제를 넘겼다.

약 50여 분간 이어진 기자회견 내내 차분한 모습으로 미소를 띠며 기자들을 둘러보던 건이 옆에 서 있던 병준을 보고는 고개를 갸웃했다. 병준이 기자들이 앉은 뒤쪽의 무언가를 보고 입술을 부르르 떨고 있었기 때문이다.

병준의 시선을 따라 고개를 돌린 건의 눈이 커지며 자기도 모르게 약간 큰 소리로 말했다.

"키, 키스카? 여긴 어떻게……."

건의 입에서 키스카라는 말이 나오자마자 앉아 있던 백여 명의 기자들이 일제히 뒤편으로 고개를 돌렸다.

기자들의 기자석 뒤편 너무나 앙증맞은 소녀가 한껏 웃으며 양팔을 번쩍 들어 흔들고 있었다.

갑작스레 조용해진 기자회견장의 모든 시선이 귀엽게 웃고 있는 키스카에게 집중되었다.

웅성웅성.

"키스카 미오치치가 어린애였어?"

"아홉 살에서 열 살 정도밖에 안 보이는데…… 엄청 귀여운 아이이긴 하다."

"그러게, 무지하게 예쁘네."

키스카의 외모로 왈가왈부하던 기자들이 어느 순간 키스카가 쓴 가사를 떠올리며 경악했다.

"겨우 열 살 정도 보이는 아이가 이런 가사를 썼다고?"

"헉! 그러고 보니 가사 수준이 열 살 아이가 쓸 내용이 아니잖아?"

"저, 저 아이도 천재인 건가! 남녀 천재의 만남이다, 하지만 저 아이 쪽이 더 어리니 저쪽이 더 대단한 건가?"

"키스카! 여기 좀 봐요!"

기자들이 카메라를 들기 시작했다. 아무것도 모르는 키스카는 그저 건과 병준이 크게 놀라는 것을 보고 키득키득 웃고 있다가 자신을 향해 플래시가 터지기 시작하자 눈이 부신지 자그마한 손으로 얼굴을 가렸다.

여기자들이 귀여운 키스카의 모습에 비명을 질렀다.

"꺄악! 귀여워, 어떡해! 완전 귀여워서 깨물어주고 싶어!"

"키스카! 키스카! 언니 쪽 좀 볼래?"

키스카가 손으로 얼굴을 가리고 있자 재빨리 건이 기자석을 지나 키스카에게 다가가 그녀를 안아 들었다.

키스카는 누군가 자신의 몸에 손을 대자 화들짝 놀랐다가 건임을 알고는 목을 감고 꼭 안겨서 손으로 눈을 가리고 있었다. 그를 본 건이 쏟아지는 플래시 세례를 보며 인상을 찌푸리고 외쳤다.

"회견장의 조명이 밝습니다! 굳이 플래시를 터뜨리지 않으셔도 잘 나오니, 플래시는 꺼주시길 부탁드려요. 아이가 놀랍니다."

건이 키스카를 안아 들고 회견장 앞 단상으로 이동하는 동안에 다급히 플래시를 끈 기자들의 카메라 소리가 끊임없이 울렸다.

건이 단상에 도착하자 린이 바싹 붙어 속삭였다.

"기자회견 종료 3분 전이에요. 어떡해서든 키스카에 대한 상세한 내용이 밝혀지지 않게 버텨요."

건이 슬쩍 고개를 끄덕인 후 키스카를 안은 채 단상에 섰다. 키스카는 플래시 불빛이 사라지자 살며시 얼굴을 가린 손을 열고 기자들을 보았다.

키스카가 앙증맞은 손을 열고 큰 눈망울로 기자들과 눈을 마주치자 귀여운 모습에 다시 한번 카메라 소리가 쉴 틈 없이 울려댔고, 기자들이 손을 들며 질문 요청을 하였다. 잠시 시간을 끈 린이 한 명의 기자를 지목하자 벌떡 일어선 여기자가 질문을 던졌다.

"케이. 지금 안고 계신 꼬마 아가씨가 키스카 미오치치 맞습니까? 올해 몇 살이죠? 또, 그 소녀가 신곡의 가사를 쓴 것이 맞습니까?"

건이 슬쩍 린을 본 후 실소를 지었다.

"질문이 세 가지네요. 하하."

시간을 끌 목적으로 농을 던진 건이 기자들이 피식 웃자 잠시 숨을 고른 후 답했다.

"이 아이가 키스카 미오치치 맞습니다. 키스카는 올해 열 살이에요. 또 이번 제 신곡의 가사를 쓴 것도 키스카가 맞습니다만, 아직 어린아이이니 직접적인 질문은 삼가주세요."

기자들이 건의 말을 노트북으로 옮기는 동안 옆에 선 손린이 손목시계를 보자 기자들이 다급해져 발언권도 받지 않고 질문을 던져대기 시작했다.

"키스카 양은 어느 초등학교(Elementary School)에 다니나요? 미국에서 다닙니까?"

"키스카 양의 이름은 러시아 계통인데, 미국 국적을 가지고 있나요?"

"가사를 쓰는 실력이 보통이 아닙니다, 그 계통의 천재적 재능이 있는 것 같은데 따로 영재 수업을 받고 있는 겁니까?"

"어떻게 아는 사이인지 한마디 해주세요!"

기자들이 중구난방으로 질문을 쏟아내자 옳다구나 한 린

이 가만히 소란해진 기자들을 보다가, 시간이 되자마자 키스카를 안은 건의 앞으로 나서며 마이크에 입을 대고 말했다.

"아쉽지만, 회견 시간이 끝났습니다. 나머지 질문은 팡타지오로 공식 요청해 주시면 성의껏 답신을 보내도록 하겠습니다. 수고 많으셨습니다."

기자들이 조금 더 시간을 달라고 아우성쳤지만, 콧방귀도 뀌지 않은 린이 고개를 살짝 돌리며 병준에게 말했다.

"실장님, 빨리 데리고 나가세요. 바로 집으로 이동하셔야 합니다."

병준이 재빨리 건의 팔을 붙잡자, 린이 보안 요원을 보며 다급히 말했다.

"퇴로 확보하세요!"

보안 요원이 귀에 연결된 이어셋으로 다급히 지시사항을 전달했고, 병준과 함께 로비로 나가자마자 사방을 둘러쌌다.

기자회견장 밖에 대기하고 있던 기자들이 건이 나오자마자 카메라를 들이밀며 다시 한번 아우성쳤다.

"케이! 한마디 해주세요!"

"케이! 일본에서 여기까지 왔습니다! 일본 팬들께 한마디만 부탁드립니다!"

보안 요원들이 몸으로 기자들을 밀어붙이는 틈에 건의 옷깃을 잡고 끌고 가다시피 하던 병준이 밖에서 대기하던 차 문을 열고 건과 키스카를 밀어 넣은 후 차 문을 닫고 양손을 저으며 소리쳤다.

"자자! 회견은 끝났습니다! 추가 질문은 팡타지오를 통해 공식적으로 요청해 주세요!"

포기하지 않은 기자들이 병준을 밀어내고 차를 두들기며 외쳤다.

"케이! 한마디만! 한마디면 됩니다!"

"제발! 많은 팬이 기다리고 있어요! 도대체 어디 숨어 계시는 겁니까!"

"미국에 집은 구하셨습니까? 케이! 케이!"

기자들에게 밀려난 병준이 운전석으로 돌아 들어가 핸들을 잡고 있는 마피아 조직원 허벅지 위를 기어 지나갔다.

"으헉, 미, 미안해요. 잠깐만요!"

병준이 겨우 기어 조수석에 탄 후 좌석을 팡팡 치며 소리쳤다.

"출발! 출발!"

급하게 출발을 하는 차가 바닥에 스키드 마크를 새기며 연기를 내뿜자 남아 있던 기자들이 우르르 도로로 몰려나와 사라지는 차의 뒷모습을 보며 아우성쳤지만, 앞으로 달려간 차는 다음 블록에서 좌회전하며 시야에서 사라졌다.

포기한 기자들이 허탈한 마음으로 도로 위에 우두커니 서 말문을 잃고 있을 때 링컨 센터 맞은편에 주차되어 있던 세 대의 차가 움직여 건이 사라진 쪽을 향해 달리기 시작했다.

달리는 차 안에서 자신에게 안긴 키스카와 눈을 맞춘 건이 황당한 표정으로 물었다.

"키스카! 여긴 어떻게 온 거야?"

키스카가 조금 놀란 표정을 짓다가 건의 물음에 배시시 웃음을 지었다. 뭐가 그리 신나는지 키득거리며 웃는 키스카를 본 건이 할 수 없다는 듯 고개를 젓자 조수석에 탄 병준이 땀을 닦으며 뒤를 돌아보았다.

건의 허벅지 위에 앉아 있는 키스카의 뒷모습을 보던 병준이 한숨을 내뱉으며 말했다.

"하마터면 대형 사고 터질 뻔했다. 휴, 그래도 키스카가 다친 곳이 없어 다행이야. 건, 너도 다친 곳 없지?"

건이 고개를 끄덕이며 키스카의 겨드랑이를 받치고 들어 옆좌석에 앉힌 후 안전벨트를 매주었다.

"키스카, 어디 숨어서 온 거야?"

키스카가 생글생글 웃으며 뒷좌석의 시트를 콕콕 찔렀다.

"여기? 트렁크 말하는 거야? 휴, 유모가 걱정하겠네. 빨리 집에 가야겠다. 유모가 널 찾아서 온 집 안을 다 뒤지고 있을 거야."

병준이 피식 웃으며 안전벨트를 매고 생글거리는 키스카를 보았다.

"키스카. 재미있었어? 아저씨는 너 때문에 간 떨어질 뻔했는데."

병준과 눈이 마주친 키스카가 손가락으로 병준의 얼굴을 가리키며 키득거렸다.

그 모습이 귀여웠던 병준이 검지를 들어 키스카의 작은 손가락을 건드리며 웃자, 무엇이 그리 좋은지 신이 난 키스카가 한껏 웃음을 지었다.

갑작스러운 작은 사건이 있었지만 큰 사고 없이 집으로 돌아가는 세 사람이 차 안에서 장난을 치며 빠르게 레드 캐슬로 향하고 있었다.

건의 차를 쫓고 있는 세대의 차가 브루클린 시내 외곽을 벗어나자 더욱 가속했다.

건의 차 바로 뒤까지 따라붙은 차의 창문이 내려가고 키스카의 위치를 확인하기 위해 창문에서 고개를 뺀 알바니아계 마피아들의 손에 총이 들려졌다. 앞에서 두 번째 차량에 탄 아우렐이 전화기를 귀에 대고 지시를 내렸다.

"키스카 미오치치를 납치하는 거다. 뒷좌석은 쏘지 말도록."

아우렐의 지시를 받은 맨 앞차의 남자들이 각자 총을 빼 들고 창문 밖으로 몸을 내밀고 앞의 차를 향해 조준했다.

한쪽 눈을 감고 뒤 타이어를 조준하던 마피아가 자신의 시야 오른쪽으로 짓쳐 들어오는 형체를 향해 고개를 돌리자 은색 차의 앞 라이트가 코앞에서 번쩍였다.

"어?"

쾅! 끼이이이익!

맨 앞에 있던 차의 옆면을 은색 승용차가 들이받았다. 순식간에 앞길이 열리고 바로 건의 차, 뒤에 붙은 형국이 된 아우렐이 스쳐 지나가는 사고 차량을 보며 소리를 질렀다.

"뭐야! 이게 어떻게 된 거야!"

운전석에 앉아 있던 조직원이 운전대를 잡은 채 사이드미러로 연기를 뿜으며 건물 외벽에 처박힌 조직원의 차를 보며 소리쳤다.

"어떡할까요, 보스! 이대로 쫓아갑니까?"

아우렐이 뒷좌석에서 뒤로 돌아 멀어지고 있는 사고 차량을 보자 사고를 낸 차량에서 누군가 내려 품에서 권총을 꺼낸 후 건물에 처박힌 조직원들을 향해 조준하며 뭐라 외치는 것이 보였다.

"망할! 뭐야, 저것들! 경찰이야, 레드 마피아야? 젠장 노출된 건가!"

"어떡합니까, 보스! 지시를 내려주십시오!"

"뭘 어떡해! 일단 계속 달려, 이 자식아!"

운전을 하는 조직원이 깊숙하게 엑셀레이터를 밟자 뒷좌석에 있던 아우렐이 그 관성에 의해 좌석에 등을 붙였다. 앞서 달리는 건의 차를 금방 따라붙은 조직원이 품을 뒤져 총을 찾다가 겉에 입은 가죽점퍼의 안주머니에 권총의 안전장치가 걸린 것을 보고 잠시 고개를 숙여 빼낸 후 전면을 보았다.

"헉!"

전면에 건의 차가 지나가자마자 골목길에서 튀어나온 차가 아우렐의 차 오른쪽 전면에 충돌을 일으켰다.

퍼엉!

아우렐의 차가 충격으로 인해 왼쪽으로 급격히 꺾이며 바닥에 스키드 마크를 새기며 돌다 가로수를 들이박은 후 멈췄다.

뒷좌석에서 고개를 숙이고 양팔로 머리를 감싸고 있던 아우렐이 뒷목을 만지며 이미 기절해 버린 운전수를 보고는 혀를 찼다.

"젠장, 쓸모없는 자식!"

글록 19를 손에 든 아우렐이 발로 차 문을 열자 문이 굉음을 내며 나가떨어졌다. 아우렐이 밖을 향해 총을 겨누며 차 밖으로 나오며 소리쳤다.

"어떤 자식들이야?"

권총을 옆으로 눕히고 위협을 하려던 아우렐의 얼굴이 하얗게 질렸다. 자신을 포위하고 있는 수많은 사람을 본 아우렐이 고개를 숙여 자기 몸에 비친 수많은 붉은 점을 내려다보며 굳었다.

아우렐에게 총을 겨누고 있던 흑인이 앞으로 나서며 외쳤다.

"CIA다! 아우렐 마브라이! 너를 불법 밀입국 및 미신고 총기 소지, 살인 미수의 용의자로 체포한다! 총 버려!"

어이없는 표정으로 자신을 둘러싼 오십여 명의 CIA 요원들을 보던 아우렐이 쓴웃음을 지으며 총을 떨어뜨리고 양손을 목 뒤로 올렸다.

여러 명의 CIA 요원들이 총을 겨눈 채 달려와 아우렐의 무릎 뒤를 차 꿇린 후 수갑을 채우자 포기한 듯한 아우렐이 나직하게 중얼거렸다.

"이 나라는 뭔데, 정부가 마피아를 보호해?"

한편 앞서가던 건은 폭발음에 뒤를 돌아봤지만, 때마침 우회전한 차량 때문에 아무것도 없는 빈 도로에 건물들이 멀어지는 것을 보며 고개를 갸웃했다.

"무슨 큰 소리가 들렸던 것 같은데……."

건에게 머리를 기대고 있던 키스카가 큰 눈망울로 건을 올려다보자 건이 키스카를 보며 물었다.

"키스카, 무슨 소리 못 들었어?"

눈을 동그랗게 뜬 키스카가 귀에 조그맣고 앙증맞은 손을 대자 건이 소녀의 손을 붙잡고 외쳤다.

"키스카! 아이스크림 그대로 다 묻어 있잖아! 에휴, 어서 집에 가서 씻자!"

♪♪♩

CIA 조사실.

의자 뒤로 손이 묶인 아우렐이 혼자 앉아 조사실 한쪽 벽에 설치된 매직미러를 보며 외쳤다.

"거기 있는 거 다 알아! 빨리 나와서 이야기 좀 하지? 난 아무것도 안 했거든? 이거 인권 유린이야! 몰라?"

매직미러 뒤에 있는 모니터링실에서 수석 비서관이 미첼 CIA 국장에게 말했다.

"일이 벌어지기 전에 제압하시느라 수고하셨습니다."

미첼이 인상을 구기며 골치가 아프다는 표정을 지었다.

"소모된 차량 두 대는 지원해 주셔야 합니다."

"훗, 화이트 하우스 예산으로 더 좋은 차를 드리죠. 그런데 이제 저놈은 어떻게 하실 생각이십니까?"

미첼이 조사실 안에서 의자를 까딱이며 소리를 치고 있는 아우렐을 보며 한숨을 내쉬었다.

"사실 저놈이 한 것이라고는 미신고 무기 소지 말고는 입증할 범죄가 없습니다. 인터폴 수배도 안 내려져 있더군요. 하지만 불법 밀입국을 했으니 국외 추방은 가능합니다."

수석 비서관이 고민스러운 표정을 지었다.

"음…… 조금 찝찝하긴 합니다만, 일단 법대로 처리해 주세요. 미국 국민도 아니니 외교적 마찰이 없도록 잘 부탁드립니다, 국장님."

"알겠습니다, 비서관님."

미첼이 문을 열고 조사실로 들어가자 아우렐이 의자에 묶인 채 히죽 웃음을 지었다.

"이거 왜 이래? 미국 경찰들은 다 이런가? 다짜고짜 남의 차는 들이박고 말이야. 내가 뭘 어쨌다고 이래?"

미첼이 노란 서류철을 테이블에 탁 내려놓으며 맞은편에 앉은 후 품에서 담배를 꺼내 물었다.

"아우렐 마브라이. 47세. 알바니아 페치니 출생. 15세부터 소년원과 감옥을 오갔고, 18세에 블로너를 근거지로 활동하는 툴란드 샤카의 조직에 가담. 매춘, 마약, 유괴 등 수많은 범죄에 연루되어 있음. 맞나?"

아우렐의 표정이 살짝 굳었다가 이내 피식 실소를 지었다.

"아쉽지만 방금 말한 것은 미국에서 한 일이 아닌데 어쩌지?"

미첼이 서류철을 연 후 아우렐의 사진들을 보며 말했다.

"맞는 말이야. 미국에서 한 일은 없군."

아우렐이 등 뒤에 묶인 손을 슬쩍 본 후 말했다.

"인정하면 풀어주시지?"

미첼이 옆에 둔 담배 케이스를 들며 물었다.

"하나 태우겠나?"

"좋지. 그런데 보다시피 손이 묶여 있어서 말이야."

미첼이 자리에서 일어나 바지 주머니에서 수갑 열쇠를 꺼내 아우렐의 수갑을 풀어 준 후 어깨를 툭툭 치고 손가락으로 천장에 설치된 CCTV를 가리켰다.

"이제부터 미국에서의 죄목이 생기고 싶지 않다면 얌전히 있으라고."

아우렐이 손목을 만지며 CCTV를 본 후 테이블에 놓인 담배 케이스를 집어 한 개비를 꺼내 물고는 미첼에게 고개를 내밀었다.

미첼이 실소를 지으며 그에게 불을 붙여주자 맛있게 담배 연기를 연신 빨아들인 아우렐이 테이블 위에 양다리를 얹으며 의자를 뒤로 젖히고 연기를 뿜어냈다.

"후우! 난 언제 나가지?"

미첼이 테이블에 엉덩이를 걸치며 말했다.

"글쎄, 네가 어떤 답을 하냐에 따라 다르겠지."

아우렐이 미첼을 올려다본 후 다시 담배를 한 모금 깊숙하게 빨아들인 후 연기를 내뱉으며 말했다.

"원하는 정보가 있나?"

미첼이 씩 웃으며 말했다.

"그레고리 미오치치를 노리는 이유. 알아보니 죽은 린드로와 사이가 좋지 않더군? 그런데 왜 그를 노리는 거지? 복수는 아닌 것 같은데."

아우렐이 모르겠다는 듯 어깨를 으쓱했다.

"무슨 말인지 모르겠군? 내 앞차에 그가 타고 있었나?"

"서로 시간 낭비하지 말자고, 친구. 우리 둘 다 알고 있는 사실이야."

아우렐이 잠시 미첼을 노려보다가 테이블 위 재떨이에 담배를 비벼 껐다.

"후우, 좋아. 알다시피 그놈과 나는 마피아다. 마피아가 자기 구역을 잃게 되는 이유가 뭘까?"

미첼이 아무 말 없이 그를 내려다보자 아우렐이 양손을 펼치며 말했다.

"쪽팔리면 안 되는 거야, 알바니아계가 러시아계 놈들한테 겁먹고 꼬리를 말았다는 소문이 퍼지는 순간 끝나는 거거든. 그렇다면 어찌해야 할까? 우리를 친 놈들에게 엿을 먹여야 꼬리를 말고 도망간 것이 아니게 되겠지, 안 그래?"

미첼이 테이블을 손가락으로 톡톡 치며 여유로운 웃음을 지으며 말했다.

"단지 그것뿐?"

"그것뿐? 무슨 말이야, 마피아 전쟁에서 기세 싸움이 얼마나 중요한데."

"그래, 그건 이해한다만 그것 외에 다른 이유는 없는 건가?"

"뭐, 본토에서 제대로 복수하라는 명령도 있었지만 난 신경 쓰지 않는다."

"좋아. 알았으니 돌아가."

아우렐이 의심스러운 눈빛으로 미첼을 아래위로 보자 그가 피식 웃으며 어깨를 으쓱했다.

"돌아가라니까? 왜 풀어줘도 못 가지?"

아우렐이 자리에서 일어나 진지한 눈으로 미첼을 보았다.

"무슨 속셈이지? 솔직히 네놈들이 마피아 놈들보다 더 능구렁이란 걸 모를 줄 아나?"

미첼이 자리에서 일어나 테이블에 놓아둔 서류철을 집어 들며 말했다.

"하하, 그래. 정보를 관리하는 입장에서 어쩔 수 없는 일이지. 너하고 볼일은 끝났다. 가 봐."

쾅!

아우렐이 테이블을 주먹으로 내려치며 소리를 질렀다.

"무슨 생각을 하고 있는지 말해!"

미첼이 피식 웃으며 담배 한 개비를 꺼내 물었다.

"마피아가 구역 싸움을 하고 있다. 우리는 그것을 막아야지. 둘 다 검거해도 비싼 변호사 놈들을 써서 다 빠져나올 거고, 만약 형사입건한다고 해도, 또 다른 마피아가 그 자리를 채우겠지. 린드로가 죽고 네가 온 것처럼 말이야."

"그런데?"

"그럼 우리는 미국에서 알바니아 놈들만 정리하면 분쟁을 해결할 수 있는 것이지. 그레고리 미오치치는 미국에서 사고를 치지 않는다. 네놈들과는 달리 말이야."

"뭐라고? 그럼 우리 조직원들을 검거하겠다는 건가?"

"비슷해. 어차피 네놈들은 매춘이나 마약 판매를 하는 삼류 양아치니까. 네놈들 쪽이 정리가 더 쉽거든. 그에 반해 그레고리 미오치치는 거물이고 말이야."

"이 자식이!"

아우렐이 몸을 앞으로 내밀자 미첼이 검지를 까딱인 후 CCTV를 가리켰다.

"미국에서의 죄명이 생기고 싶다면 어디 해봐."

아우렐이 분한 듯 CCTV를 노려본 후 말했다.

"이유가 뭐냐? 왜 레드 마피아 쪽 편을 드는 거야? 그레고리 미오치치와 미국 정부 간에 거래라도 있는 건가? 만약 그런 거라면 우리 쪽에서 거래를 인계받도록 하지. 더 좋은 조건으로 말이야, 어때?"

미첼이 담뱃재를 털며 입맛을 다셨다.

"으음, 아주 구미가 당기는 제안이고, 평소 내가 그런 이해관계로 움직이고 있기는 하지만 말이야, 너는 건드리지 말아야 할 사람을 건드렸어."

아우렐이 답답하다는 듯 가슴을 치며 말했다.

"그래! 그 건드리지 말아야 할 놈을 내가 대신하겠다는 뜻이잖아! 따로 리베이트도 챙겨주지!"

미첼이 피식 웃으며 담배를 껐다.

"네가 건드리지 말아야 할 놈은 그레고리 미오치치가 아니야."

"뭐? 그럼 누군데! 그 딸 말인가?"

"후후, 글쎄, 그만 나가보지그래. 어이 거기 밖에! 이놈 내보내!"

기다렸다는 듯 문을 열고 들어온 두 명의 요원이 아우렐의 양팔을 잡고 문으로 끌고 나가자 몸부림을 치며 뒤를 돌아보는 아우렐이 고함을 내질렀다.

"말해! 누구를 건드렸다는 거야! 누구든 내가 그놈보다 두 배! 아니, 세 배를 돌려받게 해주지! 놔! 놔봐 이 자식들아!"

요원들에 의해 끌려 나가는 아우렐의 뒷모습을 보던 미첼이 피식 웃었다.

"네가 케이의 두 배, 세 배의 음악을 만들어낼 수 있다면 거래했을지도."

잠시 후 CIA 건물 밖으로 내쫓긴 아우렐이 인상을 쓰며 뒤를 돌아보고는 건물을 향해 주먹 감자를 먹였다.

“망할 놈들! 이거나 먹어라! 퉤!”

건물 방향을 보며 욕을 퍼부은 아우렐이 뒤를 돌아보자 자기 앞에 덩치 큰 세 명의 백인 남자가 길을 가로막는 것이 보였다.

“뭐야 또?”

“아우렐 마브라이. 맞습니까?”

“아, 오늘 내 이름 묻는 놈들 더럽게 많네, 네놈들은 또 뭐냐고?”

“불법 입국 및 밀입국자 관리국에서 나왔습니다. 당신을 밀입국자로 현장 체포합니다. 당신은 즉시 미국에서 추방될 것입니다. 가시죠.”

“뭐? 야이! CIA 이 자식들이 진짜! 이러려고 풀어준 거냐!”

건물 창문으로 끌려가는 아우렐을 내려다보던 미첼이 피식 실소를 지었다.

♪♪♩

다음날.

그레고리가 찾는다는 말에 그의 침소를 찾은 건이 방문 앞까지 안내를 받은 후 노크를 했다.

똑똑.

"들어오시게."

문을 열고 들어가자 이제 혈색이 많이 좋아진 그레고리가 침대가 아닌 소파에 앉아 있는 것이 보였다.

"그레고리, 몸은 좀 어때요?

그레고리가 진중한 표정으로 고개를 끄덕이며 말했다.

"이제 살 만해. 앉게."

건이 맞은편에 자리하자 그레고리가 소파 테이블에 올려둔 신문을 손가락으로 톡톡 치며 말했다.

"어제 엄청난 일이 있었더군?"

건이 그가 가리킨 신문을 보자 맨 앞장에 대문짝만하게 키스카를 안고 있는 건의 모습이 실려 있는 것이 보였다.

건이 어색하게 웃음을 흘리자 그레고리가 한숨을 쉬며 말했다.

"나야 우리 딸이 자네와 있는 것이 행복하다면 계속해 줄 수 있겠지만, 자네 괜찮은가? 미로슬라브의 말에 의하면 내가 뭐 하는 사람인지 밝혀지는 순간 이미지에 타격이 있을 거라던데?"

건이 어깨를 으쓱하며 말했다.

"키스카는 키스카고 당신은 당신이죠, 그레고리. 키스카가 마피아는 아니잖아요."

"그건 그렇지만 다른 사람들도 그렇게 생각해 줄 거라고 생각하나?"

"글쎄요. 부딪혀 봐야 알겠죠."

그레고리가 길게 한숨을 쉬며 복잡한 표정으로 소파의 등받이에 깊숙하게 등을 기댔다.

잠시 건을 보던 그가 입을 열었다.

"최대한 숨기게. 자네를 위함이야."

건이 미소를 지으며 고개를 끄덕이자 그레고리가 창밖을 보며 물었다.

"키스카는 뭐 하고 있나? 얼굴 본지 오래되었는데, 내 이야기는 안 하던가?"

"아…… 그게……."

건이 어색하게 웃자 그레고리가 실소를 지었다.

"안 했나 보군. 이래서 딸자식 키워봐야 소용없다는 거였나? 허허. 언젠가는 나도 그런 생각을 할 날이 올 줄은 알았지만, 열 살짜리 딸을 가진 아버지가 할 생각은 아니라고 생각했는데 말이야."

"하하, 그런 거 아니에요, 그레고리."

그레고리가 다시 진중한 표정으로 돌아오며 말했다.

"언제까지 있어 줄 수 있겠나?"

건이 고민스러운 표정을 하다가 창밖을 보았다. 정원에서 병준과 함께 얼마 전에 세상에 태어난 여섯 마리의 강아지들과 놀고 있는 키스카가 보이자 건이 고개를 돌리며 말했다.

"당분간은 더 있을게요. 키스카도 좋아지고 있는 게 눈에 보이니까요."

그레고리가 안도의 한숨을 내쉬며 미소를 지었다.

"그래, 고맙군. 아직 말을 하지는 못하지만, 많이 웃는다고 보고 받았어. 나도 어서 거동할 수 있어지면 키스카의 환한 웃음을 보고 싶네. 앞으로도 우리 아이가 웃을 수 있도록 잘 부탁하지. 단, 외출 시 키스카가 또 따라 나가는 일은 없도록 해주게. 보고를 받고 심장이 떨어지는 줄 알았으니."

"하하! 네, 그레고리."

"좋아. 마음이 놓이는군, 오랜만에 차 한잔하고 가지."

같은 시간.

강제로 비행기에 태워져 알바니아로 추방되고 있는 아우렐이 하늘에 뜬 비행기에서 외쳤다.

"내가 대신한다고, 그게 누군데에에에에!"

♪♪♩

점심 식사 시간이 막 지난 오후.

오랜만에 밖으로 나온 그레고리가 키스카와 함께 정원에서 강아지들과 함께 놀아주고 있는 것을 본 건과 병준이 나란히 잔디밭에 앉아 부녀의 모습을 흐뭇하게 바라보았다.

키스카는 그동안 아빠를 보고 싶어 하는 내색을 하지 않았지만, 오랜만에 보는 아빠를 무척 반가워하는 듯 방긋거리며 웃었다.

잔디밭에 앉은 병준이 핸드폰으로 무언가를 검색하더니 씩 웃으며 건을 돌아보았다.

"건아, 너 빌보드 4위까지 치고 올라갔다. 녀석, 이제 제대로 된 음악가 소리 듣겠구나."

건이 별 관심 없다는 듯 잔디밭에 드러누우며 하늘을 보았다.

"몇 위인 건 별로 중요하지 않아요. 키스카가 행복하면 됐어요."

"안 그래도 시간만 나면 나한테 네 음악 들려달라고 조른다. 덕분에 내 핸드폰은 늘 키스카 차지야."

"하하, MP3라도 하나 사줘야 할까 봐요."

병준이 새삼스러운 눈으로 레드 캐슬을 돌아보며 말했다.

"여기서 산지도 꽤 됐네. 이제 조금은 익숙해지나 보다. 기관총 든 조직원들도 별로 안 무섭게 느껴지는 걸 보니. 너도 그러냐?"

건이 초겨울 하늘에 흘러가는 구름을 보며 살짝 고개를 끄덕였다.

"어제는 미로슬라브가 MP5A5 해체하는 방법을 알려주더라고요. 군대에서 그런 총을 구경 못 해서 흥미가 돋는 바람에 한 시간이나 연습했어요, 나도 모르게. 하하."

"괜히 그런 거 배우지 마라. 그러다 물드는 거야. 자식아."

"걱정 마요. 하하."

"미로슬라브 이야기가 나와서 하는 말인데 말이야. 그 사람 머리에 문신 있지? 해골이 가운데 있고 장미꽃밭에 있는 뱀 한 마리가 해골을 감싸고 올라가는 살벌한 그림말이야."

"네, 처음에 그거 보고 엄청 겁났는데, 하하."

"그런데 보통 마피아들 하는 문신은 자기 소속을 알리거나, 계급을 말하는 문신이 대부분인데, 여기서 생활하다 보니까 비슷한 문신을 한 사람이 없어서 말이야. 무슨 의미일까?"

건이 몸을 옆으로 돌아누우며 멀리 경비를 서고 있는 조직원들에게 무언가 지시를 하는 미로슬라브를 보았다.

"글쎄요, 전 마피아의 문신이 상대를 겁주려고 하는 것인 줄 알았는걸요. 의미를 두는 문신이군요."

"내가 하도 궁금해서 몰래 뒤를 따라가서 자세히 봤거든? 근데 진짜 이상한 문신이야. 뱀이 마치 장미꽃밭을 지키고 있는 것 같거든. 그래서 장미꽃밭에 침입한 사람을 해골로 만들어 버리는 뱀이 자신이라는 뜻이라고 생각했었어."

건이 입을 모으며 휘파람을 불었다.

"휘익! 그럴듯한데요?"

병준이 팔짱을 끼고 미로슬라브를 바라보며 말을 이었다.

"근데 웃기는 게 가까이서 자세히 보니까 해골을 감싸고 있는 뱀이 울고 있더라고. 너 뱀 우는 거 본 적 있냐? 아니, 뱀이 울기는 하나?"

"음……. 우는 뱀은 들어본 적이 없긴 하네요. 뭐 생태학적으로 파충류는 눈물을 흘리지 못한다는 말을 들어본 것 같은데."

"그렇지? 그런데 뱀이 눈물을 흘리고 있더라고. 엄청 슬픈 눈빛으로 말이야. 그걸 보니 더 궁금해지더라. 뭐랄까 마피아의 숨겨진 과거랄까? 그런 게 있지 않을까 싶어서."

건이 몸을 일으켜 병준을 보았다.

"음…… 좀 특이하긴 하네요. 그런데 누구나 말하고 싶지 않은 과거는 있는 법이니 너무 캐고 다니진 마요, 형."

병준이 검지로 볼을 긁으며 말했다.

"그건 그래. 그래서 쉽게 물어보지도 못하겠더라고. 차라리 엄청 무섭기만 한 문신이면 쉽게 물어봤을 텐데, 눈물 흘리는 뱀이라니 이상하잖아."

건과 병준이 멀리서 경계를 펼치는 조직원들을 점검하고 다니는 미로슬라브에게 시선을 모았다.

♪♪♩

9년 전 러시아 노보시비르스크.

여느 날과 같은 아침, 젊은 버스 기사가 아침 출근 시간에 맞춰 버스를 운행하고 있었다.

스물다섯이나 되었을까? 짧은 머리의 건장한 청년은 무척 순박해 보였다. 버스를 타는 승객들에게 반갑게 인사를 건네는 그는 무척 가난했지만, 열아홉에 결혼한 그는 자신의 부인과 아들을 굶기지 않기 위해 버스 기사 일과 새벽 공사를 나가 열심히 일하는 건실한 청년이었다.

그나마 일자리가 있을 때는 다행이었지만 천연가스와 원유가 국가 경제를 지탱하는 러시아는 얼마 전부터 유가 폭락으로 루블의 가치가 바닥을 치고 있었다.

하루하루 먹고살기도 힘든 나날이 계속되었지만, 청년은 희망을 잃지 않고 일자리를 찾았고, 그 노력이 결실을 맺었는지 노보시비르스크에서 노보시비르스카야 오블래스트를 오가는 시외 버스 회사에 취직할 수 있게 되었다. 뛸 듯이 기뻤던 청년이지만 버스 회사에서 일하고 얻는 보수로는 먹고 살기도 빠듯했다.

하지만 선천적인 순박함과 밝음으로 무장한 청년은 언제나 웃으며 버스를 몰아 매일 버스를 타는 승객들에게 좋은 인상을 주었다.

청년이 운전 중 아무도 없는 버스 정거장을 그냥 지나친 후 천천히 브레이크를 밟았다.

버스를 꽉 채운 손님들이 의아하게 그를 쳐다보자 그가 벌떡 일어나 승객들에게 말했다.

"죄송합니다, 잠시만 기다려 주세요."

앞문을 열고 내린 청년이 멀리서 정거장을 지나는 버스를 보며 안타깝게 손을 흔들던 늙은 할머니의 손을 잡고 버스에 올랐다.

"할머니, 자리가 없네요. 버스 손잡이 잘 잡고 계세요."

"고마워요, 청년. 친절도 하지."

"하하, 뭘요. 그럼 출발할게요."

버스가 비포장 된 산길을 오르자 차가 심하게 덜컹거렸다. 최대한 조심하고 있지만, 주먹만 한 돌덩어리가 사방에 널려 있는 비포장도로는 조심이 운전한다고 해서 피해갈 수 없었다. 운전하던 청년이 차가 크게 흔들릴 때마다 소리쳤다.

"죄송합니다! 손잡이를 꽉 잡아주세요!"

버스를 꽉 채운 손님들은 매일 지나는 길이라 익숙했지만 연신 사과를 하는 청년의 모습이 좋아 보였다. 버스가 다시 포장

된 길로 들어서자 매끄러운 도로를 빠져나가던 청년이 외쳤다.

"이제 시내 길입니다. 너무 흔들리게 운전해서 죄송합니다, 손님들!"

뒤편에 있던 손님 중 정장의 중년 남자가 장난스럽게 소리쳤다.

"그렇게 매번 사과하지 않아도 돼! 맨날 지나는 길 사정 뻔히 아는데 뭘!"

주위 사람들도 고개를 끄덕이며 거들었다.

"그래요, 포장이 안 된 것이 기사님 탓인가?"

"매일 웃으며 인사해 주는 기사는 그쪽뿐이고, 그나마 이 버스가 가장 얌전하게 운전하는 거예요! 하하."

뒤편에서 웃으며 이야기해 주는 손님들을 룸미러로 보던 청년의 얼굴에 순박한 웃음이 번졌다.

"하하! 네! 감사합니다! 가시는 곳까지 안전하게 모시겠습니다."

버스를 운전하던 청년이 손목시계를 보았다.

'다음 정거장에 도착할 시간이 8분이나 늦어졌네. 이러면 손님들이 회사에 지각할 텐데.'

청년이 엑셀레이터를 천천히 꾹 밟으며 가속했다. 잠시 후 손님들을 내려주어야 할 시내 정거장이 보여 천천히 브레이크를 밟던 청년의 얼굴에 당황스러움이 번졌다.

"어? 어! 어! 브, 브레이크가!"

비포장길에서 튄 돌멩이가 차 아랫부분을 잘못 건드렸는지 갑자기 브레이크가 말을 듣지 않았다. 손님들은 내릴 준비를 하다가 정거장을 쏜살같이 지나쳐 버리는 것을 보고 소리쳤다.

"뭐 하는 거야? 우리 안 내려줘?"

"아저씨! 우리 안 그래도 지각이란 말이에요! 빨리 차 세워줘요!"

"허허, 기사 양반이 정신 차리고 운전해야지. 어서 세워주세요."

얼굴 가득 당황한 빛이 가득한 청년이 뒤를 향해 소리쳤다.

"다들 꽉 잡으세요! 브레이크 고장입니다!"

"뭐, 뭐! 이런 제길! 고물 버스, 내 언젠가는 이럴 줄 알았어!"

"꽉 잡아요! 기사 양반, 이 속도로 가면 우리 다 죽어요! 무조건 직진해요! 이 앞에 언덕길이 있으니까 오르막길로 가면 자연히 설 수 있을 거예요!"

청년이 룸미러로 뒤의 손님들을 보며 외쳤다.

"네, 알겠습니다! 오르막길이 곧 나오니 조금만 참으시고 손잡이를 꼭 잡아주세요!"

중년의 신사가 재빨리 청년의 곁으로 와 앞 유리에 비친 바깥 상황을 보다가 경악한 눈으로 손가락질했다.

"저, 저기! 앞에 좀 봐!"

안 그래도 청년은 전방 횡단보도를 건너고 있는 여인과 여인의 손을 꼭 잡은 다섯 살가량의 남자아이에게 시선을 고정하고 있었다.

떨리는 눈으로 두 사람을 보던 청년의 얼굴이 복잡해지자 중년인이 외쳤다.

"이 속도에 핸들을 꺾으면 우리 다 죽어!"

찰나의 순간, 청년은 머릿속으로 수만 가지 생각을 했다. 만약 핸들을 꺾으면 버스를 가득 채운 승객들이 모두 죽거나 다칠 수 있는 상황이었고, 이대로 가면 엄마와 아들로 보이는 모자는 죽음을 면치 못할 것이었다.

점점 가까워지는 모자를 보던 중년인이 눈을 질끈 감고 버스 손잡이를 꼭 잡았다.

콰앙!

버스가 모자를 치고 지나갔다. 버스 승객들은 차 밑으로 깔리는 모자의 시신이 주는 느낌을 그대로 느껴야 했다. 참혹한 모습을 상상한 여자들이 눈물을 터뜨렸고, 남자들이 욕을 해대기 시작했다.

"이런 나쁜 자식! 아직 다섯 살도 안 되어 보이는 아이였는데!"

"피도 눈물도 없는 나쁜 놈아!"

"흐흐흑 어떡해."

모두를 살리기 위해 어쩔 수 없이 모자를 치었다는 것은 승객 모두가 알았지만, 그들은 죄책감을 한 사람에게 떠넘겨야 했다. 그래야만 그 자신들이 살아갈 수 있었으니까.

잠시 후 오르막길에 접어든 버스가 천천히 섰다가 다시 뒤로 미끄러졌다. 버스가 완전히 서자 사람들이 뒷문을 두들기며 외쳤다.

"당장 내려줘, 나쁜 자식아!"

"너 같은 놈이 버스 기사라니, 내 당장 버스 회사에 항의 전화를 할 거야!"

"나쁜 놈! 나쁜 놈! 너 때문에 아이와 엄마가 죽었어! 악마 같은 놈아!"

청년이 떨리는 손으로 뒷문을 여는 스위치를 누르자 사람들이 우르르 내렸다. 청년이 휘청거리는 몸을 겨우 가누며 앞문을 열고 내리자 먼저 내린 승객들이 바닥에 굴러다니는 돌을 주워 청년에게 던졌다.

처음 한 명이 던지던 돌은 어느새 많은 사람이 던지는 돌팔매로 변해갔고, 앞문에 내려 멍하니 무릎을 꿇고 버스 뒤편 멀리 보이는 모자의 시신을 보던 청년의 머리는 피투성이가 되었다.

제법 큰 돌멩이를 던진 승객들이 청년의 머리에서 피가 튀자 퍼뜩 정신을 차리고는 뒷걸음질을 하며 도망쳤다.

진득한 피가 청년의 머리에서 흘러 미간을 지나 코 옆으로 길을 냈다. 도망치면서도 살인자라고 욕을 하던 사람들이 모두 사라지고 무릎을 꿇고 피를 흘리던 남자의 눈에서 피눈물이 흘러나왔다.

고개를 푹 숙였던 남자가 사람들이 사라진 방향을 노려보았다. 눈에서 흘러나온 피눈물과 머리에서 흘러나온 진득한 피로 온 얼굴에 피 칠갑을 한 청년의 얼굴에 분노가 서렸다.

한참 사람들이 사라진 곳을 노려보던 청년이 멀리 모자의 시체를 보며 절규했다.

"여보! 아들아! 미안해! 으아아아아아아아아!"

그 날 청년은 사람들을 살리기 위해 모자를 죽였다.

자신의 꽃 같은 부인과, 금쪽같은 아들을 희생하며 사람들을 살린 그에게 돌아온 것은 돌팔매와 살인자라는 누명이었다.

그리고 그는 그 일로 인해 지옥과도 같은 러시아의 감옥 생활을 견뎌내야 했다. 사람들에 대한 복수심을 원동력으로 버티던 그가 머리를 밀고 아들의 형상을 한 해골을 새겼다.

웃으며 인사를 건넸지만, 알고 보면 가시가 가득한 사람들을 장미꽃으로 바꾸어 주위에 새기고 울고 있는 그가 아들을 먹어 치우는 문신을 새겼다.

그런 그가 9년 후 레드 캐슬의 정원을 순찰하며 추운 날씨에 머리의 문신이 문지르며 잠시 생각에 잠겼다.

◈ 5장 ◈

키스카, 줄리어드를 만나다(1)

"키스카와 견학을?"

서재에 앉아 시가의 끝을 자르고 있던 그레고리가 눈썹을 꿈틀하며 소파에 앉은 건을 보았다.

"거긴 대학 아닌가, 아직 초등학교도 가지 않은 키스카를 말인가?"

건이 양손을 보이며 말했다.

"키스카 또래의 친구들이 있는 곳이라면 더 좋겠지만, 그건 요원한 일이니까요. 오늘 수강 신청을 하러 가는 김에 키스카를 데리고 줄리어드를 구경시켜 주면 어떨까 해서요. 이제 키스카도 열 살이에요. 위험하다는 이유로 집에만 가둬두시는 건 아이 정서발달에 좋지 않아요, 그레고리."

그레고리가 시가를 손에 들고 잠시 고민에 잠겼다. 불을 붙일 듯 말 듯 시가를 움찔거리며 창가를 보던 그레고리가 한숨을 내쉬며 시가에 불을 붙였다.

"키스카가 좋아할 것 같긴 한데 말이지."

그레고리가 시가를 한 모금 빨아들인 후 뱉으며 인터폰을 들었다.

"나다. 미로슬라브 들어오라고 해."

인터폰을 끊은 그레고리가 시가를 입에 문 채 말했다.

"안 그래도 좀 전까지 이야기 중이었는데, 갑자기 우리 구역에 돌아다니던 알바니아 놈들이 사라지기 시작했어. 확인 중이긴 한데 사라진 놈들이 모두 경찰에 연행되고 있다더군. 무슨 잘못을 저질렀는지 모르지만, 그놈들 때문에 몸을 사리고 있던 우리에게는 잘된 일이지. 미로슬라브가 오면 안전 확인 후 허락하겠네."

건이 키스카가 좋아할 것을 생각하고는 기쁜 얼굴로 웃었다.

"잘 생각하셨어요, 그레고리. 키스카도 기뻐할 거예요. 하하."

그레고리가 씁쓸하게 웃으며 재털이 위에 시가를 놓았다.

"허허, 아버지의 욕심인지는 모르지만 어릴 때 나만 있으면 세상을 다 가진 듯 웃던 키스카가 그립구먼. 조금 이르지만, 세상에 나아가면 나 외의 다른 세상을 만나고, 또 소중한 인연

들을 쌓아가게 되겠지. 케이, 자네를 만난 것처럼 말이야."

건이 그의 씁쓸한 웃음을 보며 엄마를 떠올렸다. 어릴 때 가장 좋았던 엄마 품에 마지막으로 안겨본 것이 언제인지 기억이 나지 않았다.

"사람이나 동물이나 언젠가는 부모 품을 떠나게 되죠. 처음에는 몸이 떠나고, 나중에는 정신도 떠나겠지만, 부모님의 소중함을 잊는 이는 없어요. 걱정보다는 세상에 나아갈 키스카의 앞날을 축복해 주시는 것이 현명한 아버지라고 생각해요, 그레고리."

그레고리가 재떨이 위에 둔 시가를 다시 들고 입에 가져가며 피식 웃었다.

"자네가 나보다 더 나이 든 것 같군. 하지만 그건 자네가 아직 결혼하지 않았고 딸을 키워보지 않아서 그런 것일 수도 있네. 자네도 나와 같은 경험을 하면 언젠가는 내 마음을 이해하게 되겠지."

"하하, 글쎄요. 그레고리는 딸 바보에 가까운 아버지니까. 저도 그럴지는 모르겠네요."

"딸 바보? 그게 뭔가?"

"하하, 한국에서 딸만 보면 예쁘고 사랑스러워서 정신을 못 차리는 아버지들을 가리키는 말이에요."

"음? 뭐 별로 기분 나쁜 말은 아니군. 난 그런 사람이고, 그

것이 자랑스러우니까. 허허."

똑똑.

"미로슬라브 들어오게."

문이 열리고 무서운 문신을 머리에 새긴 미로슬라브의 머리가 쑥 들어왔다.

언제 보아도 익숙해지지 않는 미로슬라브의 문신을 본 건이 피식 웃으며 손을 들었다.

"미로슬라브, 안녕하세요, 좋은 아침이네요."

미로슬라브가 건 쪽을 보며 웃으려 하다 그레고리가 불렀다는 것을 상기하고 자세를 바로 하며 말했다.

"부르셨습니까, 보스"

그레고리가 시가를 이빨로 씹으며 말했다.

"알바니아 놈들 근황 보고 좀 해줘. 케이가 키스카와 외출을 하려는 것 같으니."

미로슬라브가 품에서 수첩을 꺼내 넘겨보며 말했다.

"먼저, 아우렐 마브라이는 갑자기 알바니아로 추방되었음이 확인되었습니다. 이유는 불분명하지만, 추방 주체가 밀입국관리사무소인 것을 보아서는 범법을 저지른 것이 아니라 밀입국이 적발된 것으로 보입니다. 미국에 입국한 알바니아 마피아 보스의 마지막치고는 창피한 일이죠."

그레고리가 시가를 들고 웃음을 터뜨렸다.

"푸하하! 뭐라고? 밀입국 적발? 푸핫핫! 알바니아로 돌아가면 창피해서 얼굴도 못 들고 다니겠군, 그 친구!"

듣고 있던 건이 고개를 갸웃하며 물었다.

"창피해요? 왜 그렇죠, 그냥 평화롭게 잘 돌아갔으면 된 것 아닌가요?"

시가를 입에 물고 기분 좋은 웃음을 터뜨리던 그레고리가 어깨를 으쓱했다.

"이봐, 케이. 그놈은 마피아야. 마피아는 말이야 쪽팔리면 끝이라고, 본국에 돌아가 이 일이 소문 나면 그놈은 이쪽 업계에서 퇴출당할 걸, 아마. 하하. 미로슬라브, 계속 보고하게."

미로슬라브가 수첩의 다음 장을 넘긴 후 글을 읽어 보고는 말했다.

"중간 보스인 안시 야골리. 틸러리 스트리트를 기반으로 거리의 창녀를 관리하던 이놈은 그저께 불법 매춘 알선 혐의로 입건되었고, 그 전날 또 다른 중간보스인 에르키스 카체가 록스베리에서 콜롬비아를 통해 들여온 마약을 밀수하다 적발되어 체포되었습니다. 이것으로 브루클린에서 활동하는 알바니아 마피아의 중간보스급은 정리되었고, 남은 업장을 관리하던 놈들도 계속 체포되고 있습니다. 아, 오늘 새벽에 부림 쿠켈리도 체포되었다고 하더군요."

그레고리가 눈동자를 굴리며 물었다.

"부림 쿠켈리? 그놈은 주로 무력을 담당하던 놈 아니었나? 평소에는 조용하다, 전쟁 때만 얼굴을 들이밀던 놈이었는데, 무슨 이유로 체포되었지?"

"그게……."

미로슬라브가 건과 그레고리를 번갈아 보며 말을 흐리자 그레고리가 이마를 찡그렸다.

"왜? 무슨 큰일이라도 있었나?"

미로슬라브가 수첩을 쥐어 들어 보이며 말했다.

"그게…… 브루클린 브릿지 밑에 차를 주차하고 창녀와……."

그레고리가 얼빠진 얼굴로 미로슬라브를 보다가 크게 웃음을 터뜨렸다.

"뭐? 크하하하하! 알바니아계 마피아의 킬러라고 불리는 놈이 겨우 차 안에서 그 짓 하다 걸렸다고? 푸하하하, 정말인가, 미로슬라브?"

"예, 보스. 정말입니다. 인적도 드문 곳이라 순찰도 별로 없던 구역이었는데 마치 기다렸다는 듯 나타난 경찰들에게 연행되었습니다."

"크하하하! 속이 다 시원하구먼. 대단한 범법을 저질러 체포된 것보다 훨씬 더 시원해! 푸하하!"

건도 웃겼는지 키득거리며 웃자 그레고리가 웃다가 흘린 눈물을 손으로 닦으며 말했다.

"크하하, 아 눈물이 다 나는군. 그래 그럼 이제 위험 요소는 없다고 판단하면 되는가?"

미로슬라브가 수첩을 품에 넣으며 고개를 끄덕였다.

"그 외 잔챙이들은 우리를 건드릴 만한 곳이 아닙니다. 혹시 모를 상황에 대비한 경호만 제대로 갖추면 외출하시는 데 위험은 없을 겁니다."

"좋아, 알겠네. 그럼 점심 식사 후 케이와 키스카가 줄리어드에 갈 터이니 준비해 주게. 케이가 다니는 학교이니 가급적이면 밀착 경호 말고 멀찍하게 떨어져 경호할 수 있도록 준비해 주면 좋겠군."

"예, 보스."

"좋아 나가 보게. 케이 자네도."

건이 자리에서 일어나 미로슬라브와 함께 방을 나섰다. 잠시 대화 없이 복도를 걷던 건이 조금 어려운 질문이라는 듯 머뭇거리며 말을 꺼냈다.

"저기…… 미로슬라브. 이건 병준이 형과 제가 동시에 궁금한 것인데요……."

미로슬라브가 이야기해 보라는 듯 고갯짓을 하자 건이 어색하게 웃으며 물었다.

"그…… 머리에 문신 있잖아요. 울고 있는 뱀이요. 그거 무슨 뜻인지 알 수 있을까요?"

미로슬라브가 자신의 민머리를 문지르며 피식 웃었다.

"별 의미는 없습니다. 그냥 멋있어서 했어요. 자, 어서 식사하시고 준비하십시오."

"아, 예. 알겠습니다."

건이 먼저 자리를 뜨는 미로슬라브의 뒷모습을 빤히 보았다.

'그냥 멋있어서 한 것 같지 않은데…… 말하고 싶지 않나 보구나. 언젠가 또 기회가 있겠지. 그나저나 키스카가 얼마나 좋아할까! 히히, 빨리 가서 알려줘야지!'

한달음에 별채로 뛰어간 건이 문을 활짝 열자 소파 위에 누워 잠이 든 병준의 산처럼 나온 배 위에서 졸린 눈을 비비며 안겨 있던 키스카가 고개를 들었다. 건이 병준의 배를 보고는 깜짝 놀랐다.

"아니, 누워 있는데 어떡하면 배가 저렇게 나올 수가 있지?"

키스카가 병준의 배 위에서 일어나 건을 향해 안아달라는 듯 양손을 내밀자 키스카의 발에 의해 명치를 밟힌 병준이 신음을 흘리며 잠에서 깼다.

"커헉! 어떤 놈이 암습을! 누구냐!"

키스카는 병준이 웃기는 반응을 하자 재미있었는지 배 위에서 깡총깡총 뛰며 웃었다.

"크허헉! 나 죽네! 당장 조직원들을 불러! 케이 매니저 죽는다고 전해!"

병준이 웃으며 키스카의 옆구리를 간질이자 키스카가 꺄르르 소리를 내며 병준의 배 위에 엎어졌다.

장난을 치는 두 사람을 보던 건이 병준의 발을 치우고 옆에 앉으며 자신에게 안겨오는 키스카의 겨드랑이를 들고 말했다.

"키스카! 오늘 오빠랑 외출하자!"

키스카가 눈을 동그랗게 뜨고 고개를 갸웃하자 건이 말을 이었다.

"오늘 오빠 학교 가야 하는데, 키스카도 같이 가도 된다고 허락 맡았어!"

건을 보던 키스카의 얼굴에 점점 웃음이 번지더니 양팔을 번쩍 들었다. 신나는 표정을 짓던 키스카가 갑자기 곰곰이 생각에 잠기는 듯하더니 건이 열어둔 문밖으로 쏜살같이 달려 나가는 걸 본 병준이 소파에서 일어나며 물었다.

"뭐야, 갑자기 어딜 가는 거야, 쟤?"

"하하, 옷 고르러 가는 거예요. 키스카는 예쁘게 차려입는 걸 좋아하는 꼬마 숙녀니까."

"참나, 열 살밖에 안 된 애가 뭐 그런 걸 신경 써? 난 열 살 때 엄마가 친척 형한테 얻어다 준 옷만 입었는데, 그것도 엄마가 입으라고 주는 거 대충 입고 공 차러 다니느라 바빴고 말이야. 여자아이들은 다 저런가?"

"하하, 글쎄요."

병준이 티셔츠 속에 손을 넣어 배를 긁으며 물었다.

"오늘 수강 신청이야? 그거 인터넷으로 하면 되잖아."

"아, 복학이잖아요. 오랜만에 교수님들께 인사도 좀 하려고요."

병준이 소파에서 일어나 샤워실로 향하며 말했다.

"그럼 나도 같이 가자. 난 나가서 이사님이나 만나야겠다."

건이 병준의 뒷모습을 보며 물었다.

"린 이사님이요? 왜요, 무슨 일 있어요?"

병준이 수건을 꺼내 목에 걸며 답했다.

"무슨 일이 없으니까 문제지 이놈아. 빌보드 4위까지 올라간 소속 가수가 아무것도 안 하고 집에 틀어박혀 농땡이만 치는데 이게 보통 일이냐!"

"하하, 진짜 그래서 가는 거예요?'

"농담이고, 그냥 보고하러 가는 거야, 별일 없다고. 간 김에 커피나 얻어먹어야지."

잠시 후 돌아온 키스카와 함께 별채에 나란히 앉아 식사하던 병준이 스카이 블루 원피스에 하얀 털모자를 쓰고 앉아 포크로 라면을 먹고 있는 키스카를 보며 말했다.

"이제 라면 잘 먹네, 키스카?"

키스카가 말없이 웃으며 포크에 돌돌 말아둔 라면을 입에 쏙 넣었다.

키스카가 입은 원피스를 아래위로 본 병준이 말을 이었다.

"그렇게 입으면 추워, 키스카. 이제 겨울이라고."

키스카가 몸을 돌려 소파 위에 올려둔 가죽 재킷을 손으로 가리키며 웃었다, 그것을 본 병준이 고개를 갸웃하며 물었다.

"가죽 재킷? 저거 라이더 재킷이네. 키스카한테 저런 옷도 있었어?"

음악 대학에 다니는 학생들의 패셔너블한 모습을 TV에서 본 키스카가 준비한 오늘의 컨셉임을 모르는 병준이 그저 고개를 갸웃했다.

금방 식사를 끝낸 세 사람이 별채 밖으로 나오자 대기하고 있던 미로슬라브가 다가와 말했다.

"차에 타는 우리 쪽 인원은 운전기사를 포함해 단 두 명입니다. 가장 멀쩡한 인상을 가진 놈들로 태워뒀으니 거슬리지 않을 겁니다. 나머지 인원들은 뒤따르는 차로 가겠습니다. 학교 밖에서 경호 예정이니 신경 쓰지 마시고 일 보시면 됩니다."

키스카의 손을 잡은 건이 살짝 목례를 하며 차에 탔다.

"고마워요, 미로슬라브. 그럼 다녀올게요."

♪♪♩

줄리어드에 도착한 건이 키스카와 함께 차에서 내리며 차 안에 남아 있는 병준에게 말했다.

"형, 그럼 다녀오세요."

"그래, 이따 데리러 올 테니까 전화 줘."

"네, 형. 키스카 가자."

오랜만에 외출에 신이 난 키스카가 건의 손을 잡고 마구 흔들며 웃었다.

귀여운 키스카를 본 건이 마주 웃어주며 줄리어드 스쿨의 문을 열자 방학 기간에도 연습을 하러 학교에 나와 있던 학생들이 놀라며 고함을 질러 순식간에 학교 내부는 아수라장이 되었다.

"꺄아아아아아아!"

"케이! 케이! 꺄악! 사랑해요!"

"엄마야! 옆에 아기 키스카 미오치치야!"

"꺄아아악 귀여워!"

"사진 찍어주세요, 케이! 키스카도 같이요!"

건이 실소를 지었다.

그래도 예전에는 같은 학교에서 공부하는 학생이라는 이유로 이 정도 반응은 아니었는데, 빌보드에 올라가고 나니 같은 학교의 학생이라는 존재는 이미 스타로 바뀌어 버렸다.

'휴우, 남은 학교 생활이 녹록하지 않겠구나.'

키스카는 갑자기 사람들이 자신 쪽으로 밀려들어 오자 놀랐지만 호의가 가득 담긴 사람들의 눈빛을 금방 알아채고는 웃으며 손을 흔들었다.

"꺄아아악! 귀여워! 어떡해, 언니랑 우리 집 갈래? 응? 응?"

"도노반! 나 얘랑 사진 찍어줘! 빨리 빨리!"

무릎을 굽히고 키스카와 눈높이를 맞춘 여자들이 핸드폰을 들어 사진을 찍어대고 건의 옆에 다가온 수많은 학생이 건의 볼에 자기 볼을 붙이고 친한 척 사진을 찍어댔다.

사람들에 밀려 키스카의 손을 놓칠 뻔한 건이 미소를 잃지 않으며 소리쳤다.

"죄송해요! 다들 알다시피 수강 신청을 하러 온 거라, 오늘은 그만 일 보러 갈게요. 아시죠? 저 복학해요. 앞으로 볼 일 많으니까 오늘은 보내주세요!"

학생들은 각자 손에 든 핸드폰으로 사진을 찍다가 복학을 한다는 건의 말에 질문을 던지기 시작했다.

"학교로 돌아오시는 건가요? 정말?"

"와, 이미 스타신데 뭘 더 배워요?"

"우와! 그럼 우리 케이랑 맨날 학교에서 보는 거야 이제?"

열광하던 학생들이 길을 열어주면서도 끊임없이 핸드폰 카메라를 눌러댔다.

건이 학생들이 열어준 길로 키스카의 손을 잡은 채 걸어가자 소란스러움에 놀라 뛰어나온 학교 경비 아저씨가 멀뚱히 서 있는 것이 보였다.

"안녕하세요, 아저씨. 오랜만이에요."

경비 아저씨가 어색하게 웃으며 말했다.

"아. 케이군요. 반가워요. 이리 오세요, 샤론 교수님께 갈 거죠?"

"네, 맞아요."

"그래요, 자 학생들! 이제 해산하세요, 더 이상 소란을 피우면 퇴실 처리하겠습니다!"

경비 아저씨의 협박 아닌 협박에 물러나는 학생들이 아쉬운 눈으로 다시 한번 사진을 찍었다.

학생들이 쫓아오지 못하게 한 경비 아저씨가 2층 계단까지 건을 데려다준 후 자신의 자리로 돌아가자, 건이 교수실이 모여 있는 긴 복도를 키스카와 함께 걸었다.

샤론 교수가 있는 교수실에 도착하기 직전 바로 옆방의 문이 열리며 한 남자가 커피잔을 손에 들고 나오다 건을 보고는 반가운 소리를 질렀다.

"여엇! 이게 누구야, 케이! 반가워요!"

건이 키스카의 손을 잡지 않은 팔을 벌리며 남자와 포옹했다.

"코릴리아노 교수님! 보고 싶었어요, 하하."

건과 포옹을 한 코릴리아노 교수가 건의 팔을 잡은 채 건의 위아래를 훑어보며 웃었다.

"이야! 군대에 다녀왔다더니 더 늠름해졌군요. 네팔에서의 일은 방송에서 봤습니다. 참 대견한 일을 했어요. 아! 키스카 미오치치 양이네요? 와아!"

키스카를 발견한 코릴리아노가 무릎을 굽히고 키스카와 눈을 맞췄다.

"와아, 정말 예쁘고 귀여운 꼬마 아가씨네요. 신문에서 본 것보다 훨씬 예쁜데요? 안녕하세요, 꼬마 아가씨? 나는 줄리어드의 작곡과 교수 존 코릴리아노라고 해요."

키스카가 자신을 숙녀 대접해 주며 예의 바르게 인사를 건네는 코릴리아노가 싫지 않은 듯 수줍은 미소를 띠며 건의 다리 뒤에 숨어 방긋거리며 웃었다.

코릴리아노는 키스카의 머리를 쓰다듬거나 만지는 행동은 일절 하지 않았지만, 너무 귀여운 키스카의 모습을 보며 손녀를 바라보는 할아버지의 미소를 지으며 건을 올려다보았다.

"정말 귀엽군요. 어디서 이런 소녀를 만난 겁니까? 부럽군요."

"하하, 그렇죠? 저도 막냇동생이 생긴 기분이라 행복해요."

무릎을 펴고 일어난 코릴리아노가 커피잔을 들어 샤론의 방을 가리켰다.

"샤론을 만나러 온 거죠? 아까부터 안에서 기다리는 눈치더군요. 들어가 보세요. 이따 다시 이야기합시다."

"네, 교수님. 그럼 나중에 또 봐요. 가자, 키스카."

키스카가는 코릴리아노 교수가 마음에 드는지 그를 올려다보고 손을 흔들며 귀엽게 웃었다.

코릴리아노가 자신을 스쳐 지나가는 키스카를 깨물어주고 싶다는 표정으로 보며 마주 손을 흔들어주었다.

건이 키스카가 코릴리아노와 충분히 인사할 시간을 준 후 샤론의 방에 노크를 했다.

똑똑.

안에서 후다닥하는 소리가 들리더니 문이 활짝 열리며 샤론의 반가워하는 기색이 가득한 얼굴이 들어왔다. 샤론은 소리를 지르며 건을 힘껏 안아주며 외쳤다.

"케이! 괜찮아요? 어디 다친 곳은 없어요? 협박받지는 않았고요?"

호들갑을 떨며 건의 몸을 이리저리 살펴보는 샤론을 본 건이 웃음을 지었다.

"그런 것 없어요, 교수님. 하하."

"다행이에요, 얼마나 걱정을 했는데요. 들어와요, 어머? 이 꼬마 숙녀는 누구에요?"

샤론이 키스카를 내려다보다가 눈을 크게 떴다.

"키스카 미오치치?"

키스카는 샤론이 건을 안을 때부터 표정이 좋지 않았다. 볼을 부풀리고 불만스러운 얼굴로 샤론을 올려다보던 키스카가 고개를 획 돌리며 건의 다리를 안자 샤론이 어이없는 표정으로 건을 보았다.

"하하, 키스카가 낯을 좀 가리네요. 이해해 주세요, 교수님."

샤론이 다시 키스카를 내려다보다 이내 웃음을 지으며 안쪽을 가리켰다.

"그래요, 들어 오세요. 꼬마 아가씨도 들어와요."

오랜만에 방문한 교수실을 둘러본 건이 소파에 앉은 후 키스카도 옆 의자에 올려주었다.

"여긴 변한 게 없네요."

샤론이 커피 머신을 내리며 웃었다.

"변한 것이 없는 곳이 하나라도 있는 것이 좋죠. 난 커피 마실 건데, 케이는 역시 홍차?"

"하하, 네 교수님."

웃음을 지은 샤론이 홍차를 내리고 있는 것을 보고 있는 키스카가 건과 샤론을 번갈아 보며 불만스러운 눈빛을 보냈지만, 건은 키스카의 표정을 알아채지 못했다. 잠시 후 샤론이 홍차 두 잔을 내밀며 키스카와 눈을 맞추었다.

"뭘 좋아할지 몰라서 일단 홍차로 가져왔어요. 조금 달게 만들었으니 꼬마 아가씨 입에 맞으면 좋겠네요."

키스카는 그런 샤론의 눈을 가만히 들여다보다 홍차를 들어 맛보고는 맛없다는 듯 차를 테이블 위에 올려두고 고개를 돌려 방을 구경했다.

그 모습을 본 건이 당황스러운 표정을 지으며 말했다.

"하하, 이해해 주세요. 키스카가 매일 집에만 있다가 나와서 그래요."

샤론이 아이의 모습에 그저 웃음을 짓다가 건의 말에 놀란 눈을 뜨며 말했다.

"집에만이요? 신문 기사에서 열 살이라고 그랬던 것 같은데, 그것보다 많이 어려 보이긴 하지만 집에만 있을 나이는 아니지 않아요?"

건이 장난스러운 표정을 지으며 말했다.

"아이 이름. 떠올려 보시면 답이 나올 텐데요."

"아이 이름? 키스카 미오치치…… 미오치…… 서, 설마!"

샤론이 경악한 얼굴로 키스카를 보자 건이 웃음을 지었다.

"맞아요, 그레고리 미오치치의 딸이에요."

"오 마이 갓! 정말?"

"네, 하하."

샤론이 경악한 눈으로 보든 말든 관심이 없는 키스카가 소파에서 일어나 책상 옆에 세워놓은 샤론의 클래식 기타를 만져보기 시작했다.

건이 그런 키스카를 보다 슬며시 말했다.

“키스카, 교수님의 소중한 악기니까 조심이 다뤄야 해.”

건이 혼자 놀기 시작한 키스카를 보다 아직 얼빠진 표정을 짓고 있는 샤론을 보았다.

“별일 없으셨죠?”

샤론이 건의 말에 퍼뜩 정신을 차리고 말했다.

“아! 벼, 별일이야, 뭐…… 아, 레온틴 프라이스 교수님 알죠?”

“물론 알죠, 우리 학교의 자랑이신 분인데.”

“우리 학교의 자랑은 케이로 바뀐 지 오래됐어요, 호호.”

건이 어색한 웃음을 짓자 샤론이 말을 이었다.

“레온틴 교수님이 곧 은퇴하세요.”

건이 소파의 등받이에서 등을 떼며 놀란 표정을 지었다.

“예? 왜요?”

샤론이 커피를 한 모금 마시고 잔을 내려놓으며 말했다.

“연세가 많으시잖아요. 올해 벌써 아흔넷이세요. 정년도 훨씬 지나셨지만, 본인 의지로 명예 교수직을 수행하시고 계셨는데, 이제는 너무 힘드신 것 같더군요.”

건이 안타까운 표정으로 한숨을 쉬었다.

"연세가 그렇게 많으셨었군요. 항상 고운 얼굴이셔서 몰랐어요. 교수님도 많이 서운하시겠어요."

"그렇죠, 저와 코렐리아노 교수님께는 스승과도 같은 분이셨으니까요."

샤론이 다시 커피 한 모금을 마신 후 잔을 내려놓았다.

"케이 소식을 궁금해하셨어요. 인사를 드리러 갈까요?"

"그럼요, 어디 계세요?"

샤론이 고개를 돌려 벽에 걸린 시계를 보며 말했다.

"지금이면 오페라 공연장에 계시겠네요."

건이 고개를 갸웃하며 물었다.

"공연장에는 왜요? 방학인데 무슨 공연이라도 보러 가셨어요?"

샤론이 고개를 저으며 커피잔을 내려놓았다.

"교수 생활만 은퇴하시는 게 아니에요. 오페라 가수로서의 삶도 마지막이라고 하시네요. 그래서 은퇴 공연을 준비하고 계세요. 이 시간에는 혼자 악상을 떠올리는 시간이고요. 마지막 공연이라 남의 노래보다는 자신의 곡으로 마지막을 장식하고 싶으시다고 하더군요. 그래서 코렐리아노 교수님과 제가 공연을 돕고 있기도 하고요."

건이 소파에서 일어나며 고개를 끄덕였다.

"그렇군요. 마지막이라…… 일단 가시죠. 키스카, 우리 할머니 교수님께 인사드리러 같이 가자."

혼자 놀던 키스카가 쪼르르 달려와 건의 손을 잡았다.

교수실을 나선 세 사람이 줄리어드 스쿨 내부에 있는 오페라 공연장을 찾았다.

약 오백 석 가량의 좌석이 있는 소규모 공연장에는 방학 기간인 것을 티 내려는 듯한 사람의 사람도 보이지 않았다.

공연장 뒤편에 있는 문을 조심스럽게 연 건의 눈에 공연장 한가운데 눈을 감고 홀로 서 있는 흑인 할머니가 보였다.

본 공연을 할 때 입는 의상이라도 되는 듯 곱게 차려입은 보라색 드레스를 입고 무대에 홀로 선 레온틴 프라이스는 오페라의 디바로 평생을 살아온 사람 다운 아우라가 자연스럽게 흘러나왔다.

잠시 그녀의 홀로 선 모습을 보던 건의 귀에 미리 녹음해 둔 MR의 음악 소리가 들어왔다. 아직 미완성 곡인 듯 피아노 소리만 흘러나오던 곡을 감상하던 건이 조용히 중얼거렸다.

"슬픈 느낌이지만 뭔가 그리운 느낌도 드는 곡이구나."

건이 키스카의 손을 놓고 메고 있던 가방에서 스케치북을 꺼내더니 들려오는 음악 소리를 악보에 옮기기 시작했다.

그 모습을 본 샤론이 조용히 비켜서 옆에 있던 좌석에 앉아서는 건의 움직임에 시선을 모았다.건은 미친 사람처럼 음악에 집중하며 음표를 그려 넣었고 키스카는 물끄러미 건의 모습을 올려다보고 있었다.

한참 악보를 그리고 있던 건의 눈에 놀라움이 번졌다.

'청자색? 슬픔이나 그리움이 아니었어? 숭고함, 무한, 영원, 신비를 나타내는 청자색의 음표다. 이건 평생 오페라의 디바로 살아온 프라이스 교수님의 인생을 노래하는 거였어.'

놀란 눈으로 고개를 든 건의 눈에 아직 가사가 없는 듯 고운 고음의 허밍을 노래하는 레온틴 교수가 비쳤다.

스케치북을 옆 의자의 팔걸이에 내려놓은 건이 생각에 빠지자 가만히 건이 내려둔 스케치북을 보던 키스카가 고사리 같은 손으로 스케치북을 들고 조용히 악보를 보았다.

잠시 악보와 레온틴 프라이스 교수를 번갈아 보던 키스카가 등에 멘 백팩을 풀어 크레파스를 꺼내더니 바닥에 주저앉아 스케치북에 그려진 악보 위에 무언가를 써내려 가기 시작했다.

고운 목소리로 허밍을 노래하는 레온틴 프라이스에게 온 신경을 집중하고 있는 건과 달리 샤론은 바닥에 주저앉아 스케치북에 뭔가를 쓰고 있는 키스카의 모습에 시선을 두었다.

'뭘 쓰는 거지?'

한 문장을 쓰고 한참 레온틴 프라이스를 바라보다, 또 한 문장을 써내려 가고 있는 키스카는 노래가 끝나고도 한참 고개를 숙이고 스케치북에 글을 끄적거리더니 이내 미소를 지은 후 크레파스를 집어넣고 스케치북을 좌석 팔걸이에 올려 놓았다.

눈을 가자미처럼 뜨고 스케치북을 보던 샤론의 얼굴에 놀라움이 번졌다.

'이, 이걸 열 살짜리가 썼다고? 겨우 열 살짜리 어휘력이 이게 말이 돼?'

떨리는 샤론의 손이 자기도 모르게 스케치북으로 갔다.

음률을 맞추는 능력은 없었는지 그저 건이 그려둔 오선지 한쪽에 써 내려간 키스카의 글이 샤론의 떨리는 눈동자에 비쳤다.

Far and lonely.

(멀고 외로운.)

Black pony, big moon.

(검은 조랑말, 큰 달.)

And raspberry in my saddle.

(그리고 내 안장에 산딸기.)

Into the plains, into the wind.

(평원 속으로, 바람 속으로.)

The black pony is looking at the red moon.

(검은 조랑말이 붉은 달을 보고 있다.)

Dawn flower already opened itself.

(새벽 꽃이 벌써 자기를 열었다.)

A black pony that snorted the cold smell of the moon.

(달의 찬 냄새에 콧김을 내뿜은 검은 조랑말이.)

Flapping white wings that rise from black light.

(검은 등에서 솟아오른 하얀 날개를 펄럭이며.)

Fly to the sky.

(하늘로 날아간다.)

The cold December glance comes to me.

(차가운 12월의 눈짓이 내게 오라 한다.)

He said he was good.

(수고했다고, 그동안 잘해 왔다고.)

샤론이 떨리는 눈으로 키스카를 보았다. 이미 스케치북에서 관심을 잃었는지 좌석 아래로 기어들어 가 의자 바닥 아래의 세상과 놀고 있는 키스카의 작고 귀여운 엉덩이가 보였다.

'처, 천재다! 케이만이 아니라 이 소녀도 천재였어!'

무대 위에 눈을 감고 노래를 하던 레온틴 프라이스는 곡이 끝나고도 여전히 눈을 감고 곡을 음미하고 있다가 천천히 눈을 떠 고개를 들다 높은 뒷좌석에 서 있는 건과 좌석에 앉아서 의자 아래를 보고 있는 샤론을 발견하고는 손을 흔들었다.

“어머나, 케이 학생! 샤론 교수?”

건이 재빨리 좌석 옆에 둔 스케치북을 닫아 옆구리에 낀 후 좌석 아래에서 기어 나온 키스카의 손을 잡고 무대 앞으로 뛰어 내려가며 말했다.

“프라이스 교수님!”

레온틴 프라이스가 무대 아래로 다가온 건을 내려다보며 고운 웃음을 지었다. 많이 늙었지만 젊은 시절 디바로 불렸던 그녀는 여전히 고고한 아름다움을 잃지 않은 모습이었다.

“호호, 그래요. 이제 복학하는가 보군요. 네팔에서의 활약은 잘 보았어요, 케이는 우리 학교의 자랑입니다. 자랑스러워요!”

건이 웃음을 지으며 무대 왼쪽에 있는 계단을 통해 올라와 레온틴 프라이스와 마주했다.

“은퇴…… 하신다면서요, 교수님?”

레온틴 프라이스가 잠시 쓸쓸해진 눈빛을 하더니 무대를 쓸어 보았다.

회한에 찬 눈빛을 짓던 그녀의 눈에 건의 손을 잡고 눈을 동그랗게 뜨고 있는 키스카가 들어오자 자기도 모르게 얼굴에 환한 미소가 번졌다.

“어머? 이 천사 같은 꼬마 아가씨는 누굴까? 아! 키스카? 키스카 미오치치 양이죠?”

레온틴 프라이스의 노구가 힘겹게 굽혀지며 키스카와 눈을 맞추었다.

"이 할머니는 레온틴 프라이스라고 해요. 반가워요, 키스카 양."

레온틴 프라이스의 포근한 할머니 미소는 키스카로 하여금 즉각적인 경계 해제를 시켜버렸다.

너무나 포근한 눈빛에 자기도 모르게 처음 보는 할머니에게 양팔을 벌리고 안아달라는 키스카를 보던 건이 어이없다는 표정을 지었지만 레온틴 프라이스는 그저 친할머니처럼 키스카를 꼭 안아주며 조금 힘에 부치는 듯 키스카를 들어 올렸다.

"너무 귀여운 아가씨네요, 호호."

키스카가 큰 눈망울로 레온틴의 쪼글쪼글한 주름을 매만져 보다가 이내 목을 감고 안겼다.

은은하게 나는 할머니의 따뜻한 냄새가 키스카의 코를 간질이자 행복한 미소를 지은 키스카가 더 꼭 안겼다.

아주 오랜만에 어린아이의 체온을 느껴보는 레온틴 프라이스가 포근한 미소를 지으며 건에게 말했다.

"은퇴하는 것 맞아요. 이제 너무 늙었고, 수업 시간도 잊어버리고 다른 일을 할 때도 있더군요. 더 이상 학교에 남는 것은 학생들에게나 임직원들에게 민폐랍니다. 호호."

건이 다급히 손사래를 치며 말했다.

"아니에요, 교수님! 무슨 그런 말씀을! 교수님을 존경하는 학생들이 얼마나 많은데요."

"말이라도 고맙네요. 자…… 무대에는 의자가 없으니 저쪽에 피아노 의자에라도 앉아서 이야기할까요? 샤론 교수님? 계속 거기 계실 건가요?"

레온틴 프라이스가 여전히 뒷좌석에 멍하니 앉아 있는 샤론을 부르자 퍼뜩 정신을 차린 샤론이 후다닥 내려왔다.

그녀는 무대 위에서도 레온틴 교수가 아닌 키스카에게 시선을 집중하고 있었다. 그 모습을 보지 못하고 힘겨운 노구를 이끌고 피아노 의자에 앉은 레온틴 프라이스가 다리 위에 키스카를 올려두고는 자신의 옆자리를 손으로 두들기며 말했다.

"자, 앉으세요. 샤론은 미안하지만, 자리가 없네요, 호호"

"아, 괜찮아요, 교수님. 신경 쓰지 마시고 케이와 이야기 나누세요."

샤론이 손사래를 치자 자신의 옆에 앉은 건의 손을 꼭 잡아준 레온틴 프라이스가 말했다.

"그래, 그동안 잘 지냈나요? 네팔에서의 모습을 보고 정말 놀랐어요, 그렇게 수염이 가득한 케이라니. 언제나 미소년 같던 케이의 모습이 아니었지만, 그것 나름 좋아 보이더군요. 얼굴이 상했을 줄 알고 걱정했는데 여전히 반짝거리는 미남이네요."

건이 자신의 손을 잡은 주름진 손을 만지며 눈을 들었다.

"건강은 괜찮으세요?"

"호호, 그럼요. 아직 쌩쌩하답니다. 덕분에 마지막을 공연으로 장식하고 떠날 수 있지요. 아, 혹시 들었나요? 마지막 공연을 준비하고 있다는 이야기."

"네, 교수님. 샤론 교수님이 말씀해 주셨어요. 혹시 어려운 점은 없으세요?"

레온틴 프라이스가 고민스러운 표정을 지으며 말했다.

"곡은 코릴리아노 교수가 세 곡을 만들어 줬어요. 저도 두 곡을 만들었고요. 아직 가사를 못 만들어서 감성을 제대로 싣지는 못하고 있답니다. 쓰려고 앉으면 노안 때문에 눈이 흐려졌는지 아니면 늙어서 집중을 못 하는 것인지 잘 써지지 않네요, 호호."

"혹시 제 도움이 필요하시면 언제든 말씀하세요, 아직 복학 전이니 시간은 충분해요, 교수님."

"호호, 말이라도 고맙네요, 케이."

옆에서 가만히 두 사람의 대화를 듣고 있던 샤론이 머뭇거리며 말을 꺼냈다.

"저기…… 교수님, 케이."

두 사람이 피아노 의자에 앉아 샤론을 올려다보자 샤론이 건이 옆구리에 끼고 있는 스케치북에 시선을 주며 말했다.

"아까 케이가 교수님의 음악을 듣고 악보로 옮겨 적은 그 스케치북 있죠?"

건이 옆구리에서 스케치북을 빼들어 보이며 고개를 끄덕였다.

"네, 교수님. 이게 왜요?"

"한번 펼쳐볼래요?"

건이 의아한 눈으로 샤론을 보다 스케치북을 열자 옆에 앉아 있던 레온틴 프라이스가 궁금하다는 눈빛으로 함께 스케치북을 보다가 그대로 굳었다.

크게 뜬 눈가에 경련이 일던 레온틴 프라이스가 건의 옆모습을 보자, 그 역시 놀란 표정으로 스케치북에 적힌 문장을 보고 있는 것이 보였다.

"이, 이것은 케이가 쓴 가사인가요? 설마 방금 처음 들은 음악을 듣고 이 정도 수준의 가사를 썼다고요?"

레온틴 프라이스가 더듬으며 스케치북을 가리키자 건이 고개를 들어 샤론을 보았다.

샤론 역시 진중한 표정으로 건을 내려다보다가 살짝 고개를 저었다.

"제가 쓴 게 아니에요, 케이."

"예? 그럼 누가…… 설마?"

건이 레온틴 프라이스의 무릎에 앉아 무대 위 조명을 바라보고 손을 버둥대고 있는 키스카를 보았다.

레온틴 교수도 눈치를 챈 듯 입을 벌리고 키스카의 뒤통수를 보았다.

"설마, 키스카가 썼다고요?"

샤론이 조용히 고개를 끄덕였다.

"케이가 이번에 발표한 노래도 키스카가 가사를 썼다고 했지요? 당연히 키스카가 쓴 어린 문장을 케이가 손보았다고 생각했는데, 그게 아니었군요."

건이 놀란 표정을 지우지 못하고 키스카의 머리를 쓰다듬자 키스카가 기분이 좋은 듯 꺄르륵 웃었다.

"그래도 그때는 이 정도 수준은 아니었는데……."

레온틴 프라이스가 무릎에 앉은 키스카를 꼭 안아주며 나직하게 말했다.

"우리 꼬마 아가씨. 천재였네요? 이렇게 어린 천재라니 할머니가 너무 부럽기도 하고 대견하기도 하네."

샤론이 진중한 표정으로 말했다.

"아까부터 키스카를 보고 있었어요. 케이가 레온틴 교수님의 음악에 집중할 때도 말이죠. 케이가 중얼거리며 하는 말을 들은 키스카가 레온틴 교수님의 음악에 집중하며 한 번에 써내려간 것을 분명 제 눈으로 똑똑히 봤어요."

샤론이 새삼스러운 눈으로 레온틴에게 안겨서 웃고 있는 키스카를 내려다보며 말을 이었다.

"또 한 명의 천재네요, 케이를 이은. 혹시 이 아이 지금 어느 학교를 다니나요?"

건이 뭔가에 홀린 표정으로 말했다.

"키스카는 학교를 안 다녀요. 어릴 때 충격적인 일을 겪어서 말을 못 하거든요. 지금 이렇게 웃고 있는 것도 얼마 전부터 가능했던 일이에요, 처음 키스카를 만났을 때는 표정도 없었으니까요."

"세상에, 열 살인데 아직 학교에 안 가다니요? 방금 못 봤어요? 이 아이는 천재라고요, 케이!"

건이 복잡한 표정으로 키스카를 내려다보며 씁쓸하게 말했다.

"그러네요. 하지만 정규 교육 시스템을 소화하려면 키스카를 장애인 학교에 보내는 수밖에 없어요. 일반 교육 과정을 밟게 하다간 어린아이들의 놀림을 받고 상처를 받게 될 테니까요."

"그래도요! 이런 아이가 유아 과정에서 확실한 교육을 받지 못하면 이 천재성이 발현되지 못할 수도 있어요, 아깝지 않아요?"

건이 조용히 샤론 교수를 올려다보고 진중한 어투로 말했다.

"제게 중요한 건 키스카가 행복한 인생을 사는 것이지, 유명 인사로써 성공한 인생을 살아가는 것이 아닙니다, 교수님."

"케이! 봤잖아요, 방금? 아니 그 스케치북에 똑똑히 남겨져 있잖아요, 이런 아이를 그냥 버려두는 건 교육자로서 용납할 수 없는 일이에요!"

두 사람이 언쟁을 벌이자 레온틴 프라이스가 한 손을 들었다.

거짓말처럼 입을 다문 두 사람이 레온틴 프라이스에게 시선을 집중하자 고운 웃음을 지으며 키스카의 머리를 쓰다듬은 레온틴이 입을 열었다.

"코릴리아노 교수님께 맡겨보면 어때요?"

의아한 눈빛을 보내는 두 사람을 번갈아 보던 레온틴 프라이스가 손을 입으로 가리며 웃었다.

"호호, 이렇게 귀여운 아이라면 제가 맡고 싶지만 이 아이의 재능은 제가 가르칠 수 없는 곳에 있네요. 코릴리아노 교수님이라면 이 아이가 갈 바른 방향을 알려주실 수 있을 것 같은데. 어때요?"

레온틴 프라이스 교수의 부탁을 받고 스케치북에 적힌 키스카의 가사를 본 코릴리아노는 크게 놀라며 자신에게 맡겨달라고 애원하기까지 했다.

작곡과 교수지만 키스카에게 어떤 재능이 있는지 모르니 일단 가르쳐 보고 만약 작곡에 재능이 없다면 알고 지내는 문학가들을 소개해 주겠다고 자신을 어필하는 코릴리아노는 어쩌면 케이를 샤론에게 빼앗긴 후 천재 제자에 대한 갈증에 목말랐는지, 아니면 키스카의 귀여움이 제대로 어필되었는지 알 수 없지만 키스카를 맡겨달라는 부탁을 거듭했다.

건은 그런 코릴리아노 교수의 거듭된 부탁을 듣고 보호자의 동의를 얻어 보겠다는 말로 희망을 준 후 간단히 수강 신청을 하고 교수들과 식사를 하기로 하였다.

To Be Continued